T0284234

MI QUERIDO HENRY

Kalynn Bayron es la autora premiada y número uno en ventas de novelas de fantasía juvenil como *Cenicienta ha muerto* y *Este corazón venenoso*. Estudió canto en el conservatorio y, cuando no está escribiendo, se dedica a escuchar a Ella Fitzgerald en bucle, va al teatro, ve pelis de miedo y pasa tiempo con sus hijos. Actualmente vive al norte de la ciudad de Nueva York con su familia.

Nube de tags

Retelling – Ficción histórica – Romance – LGBTQIA+

Código BIC: YFH | Código BISAC: JUV007000

Ilustración de cubierta: Margarita H. García

Diseño de cubierta: Nai Martínez

MI QUERIDO HENRY

HENRY

Un retelling de Dr. Jekyll y Mr. Hyde

KALYNN BAYRON

books4pocket

Argentina – Chile – Colombia – España
Estados Unidos – México – Perú – Uruguay

Título original: *My Dear Henry: A Jekyll & Hyde Remix*
Editor original: Feiwel & Friends, un sello de Macmillan Publishing Group
Traducción: José Monserrat Vicent

1.ª edición: julio 2024

Nota: los nombres y rasgos personales atribuidos a determinados individuos
han sido cambiados. En algunos casos los rasgos de los individuos citados son
una combinación de características de diversas personas.

Plaza de los Reyes Magos, 8, piso 1º C y D – 28007 Madrid
www.edicionesurano.com
www.books4pocket.com

ISBN: 978-84-19130-31-0
E-ISBN: 978-84-10159-48-8
Depósito legal: M-12.537-2024

Fotocomposición: Urano World Spain, S.A.U.

Impreso por Novoprint, S.A. – Energía 53 – Sant Andreu de la Barca (Barcelona)

Impreso en España – *Printed in Spain*

Esta historia es para todo aquel que alguna vez
ha dudado sobre si era suficiente, tal y como es.

Lo sois.

ENTONCES

1

1883

Cuando mi padre encontró el cadáver de mi abuela, pegó tal grito que incluso nuestro vecino afirmó haberlo escuchado más tarde, a pesar de que una parcela de tierra separaba su casa de la nuestra. De no ser porque yo mismo también había oído el lamento de mi padre, no lo habría creído. El sonido que emite el corazón de un hombre al partirse en un millón de pedazos es como el lamento de un animal herido, donde el miedo y el sufrimiento se entremezclan. Es un coro de dolor que se alza hacia los cielos.

Fui a ver qué había ocurrido, y entonces la vi: mi abuela, la madre de mi padre, tenía la piel marrón cenicienta y pegada a los huesos como papel mojado, y las manos, con los dedos torcidos, apretadas con fuerza junto a los costados. Al tensársele la piel, se le habían abierto los labios y habían dejado los dientes al descubierto. Aun con lo horrible que era la imagen, aquello no era lo peor de todo. Lo peor era su mirada. Tenía los ojos abiertos de par en par, observando la nada. No afirmo saber mucho sobre las propiedades del alma, pero cualquier vida que hubiera contenido mi abuela en su interior se había desvanecido, y lo único que quedaba de ella era un cascarón vacío.

Me habían dicho que los cadáveres que examinaría en algún momento de mis estudios de Medicina no tendrían los ojos ni la boca abiertos. Pertenecerían a gente que había donado sus cuerpos al Colegio de Medicina de Londres, y les habrían cosido los ojos y la boca. Se me revolvió el estómago solo de pensarlo.

Solo estaba estudiando Medicina por mi padre. Él quería que fuera médico, aunque yo habría preferido estudiar Derecho. Sin embargo, a mi padre lo que yo prefiriera le importaba bien poco, no porque no me quisiera o porque no deseara que fuera feliz, sino porque él se había limitado a escoger el camino que menos quebraderos de cabeza le creaba.

A mi padre le preocupaba mucho granjearse el respeto de los demás y me había inculcado lo importante que era que mi entorno tuviera una buena opinión sobre mí, algo que podía controlar si tomaba «buenas» decisiones. Para mí no tenía mucho sentido. No tenía modo de controlar lo que los demás pensaban de mí, sobre todo cuando la gente parecía empeñada en atribuirme una serie de cualidades que no eran ciertas ni justas. A ojos de mi padre, mi insatisfacción era una muestra de debilidad. No obstante, era incapaz de darme un motivo cuando le preguntaba por qué todos y cada uno de los pocos estudiantes negros que se habían graduado en el Colegio de Medicina de Londres eran incapaces de encontrar un puesto fijo en cualquier hospital de la ciudad (a menos que fueran camilleros, portadores de cadáveres o celadores) si, en teoría, al convertirme en médico obtendría el respeto de la gente. Él sabía tan bien como yo que lograría lo que me permitieran, nada más.

En principio, mi madre iba a acompañarme a la ciudad, pero mi padre la convenció de que podía arreglármelas solo durante el viaje. Ambos sabíamos que mi padre lo decía tan solo porque no podía permitirse un segundo billete de tren. Hice todo cuanto estuvo en mi mano para convencer a mi madre de que no me pasaría nada, aunque, si he de ser sincero, yo no me creía mis palabras en absoluto.

El tren atravesó las calles de Londres bajo nubes del color de las algarrobas. De las chimeneas se alzaban volutas de humo de distintos tonos de carbón que bloqueaban la luz del sol. La gente se apelotonaba en las calles concurridas. Londres tiene muchísimas caras, y hay algunas que el londinense medio no conoce o, como mínimo, no es capaz de ver. Como la pobreza estaba mal vista, a la gente pobre la trataban mal. A quienes eran pobres, y encima negros, los trataban como si fueran invisibles.

Se me formó un nudo de rabia en el estómago. Lo que habría dado por no ver esos rostros, terribles y desfigurados, que me miraban mientras me pisoteaban.

Bajé del tren y atravesé las calles atestadas de Londres hasta que llegué a la casa de huéspedes de la señorita Laurie. Mi padre lo había organizado todo para que me alojara allí mientras estudiaba y, al verla cuando comenzaba a atardecer, tras atravesar con esfuerzo varios ríos de suciedad bajo la llovizna, me pareció imposible que aquel lugar existiera. Era un milagro que siguiera en pie, sobre todo teniendo en cuenta que las paredes estaban ladeadas y el techo inclinado. La construcción entera se apoyaba en el edificio de al lado, que tampoco es que estuviera en mucho mejor estado.

Llamé a la puerta y esperé mientras unos pasos pesados se dirigían hacia mí desde el interior. Una mirilla estrecha se abrió y un par de ojos marrones se quedaron mirándome.

—¿Qué quiere? —me preguntó la mujer, con la voz cargada de sospecha.

—Me llamo Gabriel Utterson. Mi padre…

La mujer cerró la mirilla antes de que me diera tiempo a terminar la frase siquiera.

Me quedé allí, bajo la lluvia, aferrado a mi bolsa, preguntándome si me había equivocado de dirección.

El cerrojo hizo un *clic* y la puerta se abrió con un chirrido. La mujer que encontré al otro lado era menuda, gruesa y ceñuda. Debía de haberse subido a un taburete para observar por la mirilla porque medía una cabeza menos que yo.

—¿Piensa quedarse ahí bajo la lluvia o va a entrar?

Entré a toda prisa, y ella cerró dando un portazo. Luego echó el cerrojo.

—Como la deje abierta mucho tiempo seguro que se cuela alguien. —Me miró con los ojos entrecerrados—. Su padre ya me lo ha contado todo sobre usted. Me ha dicho que es un poco blando, así que me veo en la obligación de recordarle que ya no está en el campo, señor Utterson.

—No, señora. Ya lo sé.

Me guio hasta un salón con un techo tan bajo que podría haberlo tocado si hubiera estirado el brazo. La chimenea caldeaba la estancia, y las llamas lamían los ladrillos húmedos que rodeaban el hogar. Había sillas y mecedoras de madera por todas partes, y todo olía a carne cocinada y a tabaco.

—Bienvenido —graznó la mujer—. Yo soy la señorita Laurie. Esta es mi casa y aquí mando yo. ¿Entendido?

—Sí, señora —respondí, asintiendo.

—Se hospedará en la segunda planta, en la habitación siete. No se permite traer invitados ni hacer ruido. El día en que se vaya, lo quiero fuera de esa habitación antes del mediodía, ni un segundo después, o si no mi hermano lo echará a la calle. La comida se sirve a las ocho, a las once y a las siete. Si no está aquí a la hora que toca, no come, y manténgase lejos de mi cocina.

—Sí, señora.

Yo lo único que quería era cambiarme de ropa y meterme en la cama, pero la señorita Laurie no me dejó marcharme hasta que me hubo explicado dónde estaban la letrina y el baño, cuál era el horario de la lavandería y cómo se racionaba el carbón. Una vez que hubo terminado con todo, se sentó frente a las llamas abrasadoras de la chimenea.

Subí las escaleras hasta la planta superior y encontré mi cuarto al final del pasillo. Era tan grande como un armario, y en el interior encontré una chimenea pequeña y un colchoncito que habían rellenado de paja sin mucho esmero. No obstante acababan de barrer el suelo, tenía una lámpara de aceite y un juego de ropa blanca doblado y limpio. La noche era oscura tras la única ventana que daba al exterior. Ni siquiera me molesté en quitarme la ropa mojada antes de desplomarme, agotado, sobre el colchón.

Me quedé allí tumbado durante un instante, esperando a que me venciera el sueño, pero entonces oí pasos en el pasillo. Esperé en silencio mientras la vista se me acostumbraba a la oscuridad.

Los pasos se acercaron a mi puerta.

Esperé a que llamaran, pero no ocurrió nada. Tras un instante, los pasos se alejaron por el pasillo y oí una puerta abrirse y cerrarse.

Para desayunar, la señorita Laurie preparó huevos escalfados y tostadas resecas. Me lo comí todo sin protestar, aun cuando el pan me raspó la cara interna de las mejillas. Los demás chicos que se alojaban en la casa de huéspedes entraron en fila en el comedor y se sentaron frente a la larga mesa solos o en parejas. Casi todos eran jóvenes y todos tenían la piel marrón. La residencia de los estudiantes del curso preparatorio de ingreso a Medicina se encontraba en el campus, pero el reglamento no le permitía la entrada a los negros. Por lo visto, éramos lo bastante buenos como para asistir a las clases, pero no lo suficiente como para vivir y comer con los estudiantes blancos.

Mientras estaba allí sentado, sumido en mis pensamientos, un joven apareció por la puerta.

—¡Jekyll! —exclamó uno de los chicos.

El joven entró en el comedor y, al girarse hacia su amigo, nuestras miradas se encontraron. Era alto y tenía los hombros un poco encorvados hacia delante. Llevaba las manos en los bolsillos, y dudó, como si no tuviera muy claro si seguir andando.

Sentí un tirón en el estómago. Una agitación de nervios. Me sonrojé y aparté la vista corriendo. Luego inspiré hondo y, cuando volví a alzar el rostro, descubrí que el joven seguía mirándome.

—Siéntese y coma —le ordenó la señorita Laurie, que presidía la mesa.

El chico, Jekyll, obedeció, y la señorita Laurie la pasó un plato con un huevo y una tostada. No me atreví a alzar la vista otra vez y observarlo, aun cuando me moría de ganas. Un largo trayecto en tren me separaba del hogar campestre de mi familia, pero, aun así, oí la voz de mi padre diciéndome: «Así no te ganarás el respeto de nadie». Sus palabras eran como cuchillos; cortaban, y el dolor que infligían no cesaba nunca.

Terminé de desayunar y dejé el plato en una palangana llena de agua. Después subí las escaleras a toda prisa para cambiarme.

El rostro de Jekyll se me había grabado a fuego en la mente. El tono marrón oscuro de su piel, los pómulos marcados y rubicundos, los ojos negros como la tinta… Salí de mi estupor y me puse uno de los tres conjuntos de ropa que mi madre me había preparado. Pese a todos sus esfuerzos, las prendas se habían arrugado y tenían dobleces. Hice todo cuanto pude para alisarlas. Me abroché los zapatos, con cuidado de no tensarlos demasiado. Antes de irme de casa, mi madre había tenido que arreglarme las suelas por sexta o séptima vez, y, si me los abrochaba demasiado fuerte, tiraría de las costuras desgastadas. Me puse un sombrero y bajé las escaleras.

Cuando llegué a la puerta principal, una mano me agarró del hombro.

—¿A dónde va? —me preguntó la señorita Laurie.

—Tengo que ir al Colegio de Medicina para recoger unos papeles y enviárselos a mi padre, señora.

Entonces me estudió con detenimiento.

—Las primeras impresiones importan —comentó. Conservaba el tono afilado en la voz, pero la mirada se le había enternecido desde la noche anterior—. Quítese la ropa.

Confundido, me aferré al abrigo para mantenerlo cerrado.

—¿Perdón?

La señorita Laurie enarcó las cejas y estiró el cuello.

—Hay que planchar esa ropa. ¿Qué pasa? ¿Creía que solo me dedicaba a preparar la comida y a asignar las habitaciones?

—N-no…, señora.

—Pues venga.

Extendió la mano, y yo me quité la chaqueta y se la entregué. Luego hice lo mismo con la camisa y, justo cuando me bajé los pantalones (mientras la señorita Laurie hacía un trabajo pésimo intentando taparme con una manta), escuché una serie de pasos en la escalera desvencijada. Varios chicos entraron en el salón corriendo, riendo y hablando entre ellos. Jekyll iba detrás y, aunque los demás no me prestaron la más mínima atención, nuestras miradas volvieron a encontrarse.

La vergüenza se apoderó de mí. Le quité la manta a la señorita Laurie y me la enrollé alrededor de la cintura. Sin embargo, con aquel numerito, llamé la atención de los chicos.

—¡Perdón! —dijo uno de ellos, riéndose—. ¡No sabía que estuvieran montando un espectáculo!

Rompieron a reír a carcajadas, y no pararon hasta que se quedaron sin aliento. Jekyll los condujo a empujones hasta la puerta de la cocina y luego abrió un armarito que había bajo las escaleras. La señorita Laurie desapareció por el pasillo con mi ropa. Yo me pegué a la pared, deseando poder esfumarme como ella.

Jekyll encontró lo que buscaba: un abrigo de lana inmenso. Se acercó a mí y me lo echó por encima de los hombros sin pronunciar palabra.

No parecía mucho mayor que yo, pero era un poco más alto y tenía los hombros un poco más anchos. Esquivé su mirada cuando retrocedió y salió por la puerta de la casa de huéspedes. Me cerré el abrigo y me senté junto a la chimenea, en una de las sillas de madera rígida. No sabía muy bien qué pensar de aquel gesto, pero sí me fijé en que algo vertiginoso y emocionante había despertado en mi vientre.

Media hora más tarde, la señorita Laurie apareció de vuelta con mi ropa recién planchada. Había almidonado tanto la camisa que seguro que no perdería su forma cuando me la quitara.

—Le he remendado el cuello —me dijo la señorita Laurie—. ¿Solo tiene esta?

—No, señora. Tengo dos más.

—Vaya, pues sí que lo quieren —respondió con gesto pensativo—. La mayoría de los chicos que viven aquí no tienen tres camisas. —Después dejó escapar un suspiro—. Deme el resto de su ropa. Yo me encargo de ella, pero luego tendrá que hacerlo usted. La gente confiará en usted si ve que tiene unos buenos pantalones, el cuello de la camisa liso y un buen par de zapatos. Cuide su aspecto, y así conseguirá otras cosas. —Cuando me hube vestido de nuevo, se acercó a mí y me reajustó la chaqueta—. A nosotros nunca nos regalan nada. No lo olvide.

—Sí, señora —respondí.

—Venga, márchese.

Me alejé de la señorita Laurie y salí a un día gris y plomizo. La callejuela estaba atestada de gente que se apresuraba al trabajo. El llanto de los bebés y el traqueteo de las ruedas de los carruajes sobre las calles lo cubría todo. Desde las chimeneas se alzaban volutas de humo negras que eclipsaban el cielo. Avancé serpenteando entre la multitud, los caballos y los carruajes, y emprendí mi camino hacia Cavendish Square.

2

#

Tomé asiento en una de las aulas vacías, tal y como me habían indicado en recepción. Había una sala de espera entera repleta de sillas acolchadas y mesas de madera de calidad, pero me habían pedido que aguardara en un aula, al final del pasillo. Solo estaban encendidas las lámparas de aceite de la parte delantera de la clase, por lo que la de atrás quedaba sumida en tinieblas negras. Había varias mesas largas puestas en fila por toda la estancia, y yo me senté ante la de la primera fila. En el ambiente se respiraba un ligero aroma como amargo, casi químico, pero no sabía con exactitud a qué olía.

Pasados unos instantes, un hombre bajo, con la piel tan rosácea como un ratón sin pelo, entró en el aula y se quedó mirándome durante varios segundos incómodos.

—Tú debes de ser Gabriel —exclamó entonces, lleno de entusiasmo. Me levanté de mi sitio y extendí la mano para estrechársela. Él la tenía sudada—. Soy sir Hannibal Hastings y soy el supervisor de este magnífico lugar. —Entrecerró los ojos y me sonrió—. Te pareces bastante a tu padre. Los dos tenéis la misma barbilla pronunciada.

Me soltó y, al momento, se sacó un pañuelo para limpiarse las manos. Luego volvió a guardarlo.

—Mi padre me pidió que me reuniera con usted —le dije—. Me dijo que tenía que enviarle unos documentos relacionados con mi inscripción.

—Exactamente —respondió el hombre, asintiendo con la cabeza y dándole varias palmaditas a su maletín de cuero—. Pero me alegra que tengamos la ocasión de conocernos un poco mejor antes de meternos de lleno en todo este asunto del papeleo. Siéntate, por favor.

Sir Hastings caminó hasta el frente del aula, donde un mapa inmenso cubría la pared.

—Pertenezco a un largo linaje de hombres distinguidos. Miembros del Parlamento, héroes de guerra. Mi padre batalló contra el mismísimo Napoleón. —Soltó un largo y hondo suspiro y se giró hacia mí—. He de confesar que me sorprendió que tu padre se pusiera en contacto conmigo. Hacía tiempo que no sabía nada de él. Su madre, tu abuela, era la jefa de cocina en la finca de mi padre.

Noté que se me aceleraba el corazón. Mi padre siempre se había mostrado reservado cuando le preguntaba de qué conocía a sir Hastings; su única respuesta era que la relación de nuestras familias se extendía a lo largo de varias generaciones. De repente, la naturaleza de su relación resultó tan clara como dolorosa.

—Todo cambió después de 1833 —prosiguió sir Hastings—, pero aún veía a tu padre con bastante asiduidad. Tu abuela se quedó con nosotros durante casi diez años. Era una mujer excepcional.

En ese instante, lo único en lo que podía pensar era en el rostro hundido y los ojos abiertos y sin vida de mi abuela.

Sir Hastings carraspeó.

—Lo que vengo a decirte con esto es que le tengo cierto cariño a tu padre, como si fuera una mascota a la que quiero mucho o un caballo de carreras de los buenos.

Me mordí la lengua para no contestarle, y el sabor salado del hierro me empapó la boca.

Entonces, sir Hastings se acercó a mí, con las manos cruzadas sobre el vientre, y me dijo:

—Puedo admitirte como estudiante para que puedas encontrar un puesto como ayudante en el tanatorio o alguna otra profesión que encaje mejor con tu perfil.

—A mi padre le gustaría que ejerciera la medicina.

Sir Hastings rompió a reír, y no paró hasta que el rostro se le tornó de un rojo escarlata obsceno. Se le saltaron las lágrimas, y se le formaron manchas de baba blanca y espumosa en la comisura de la boca.

—¿Y quién te ofrecería un empleo? —me preguntó, limpiándose la cara con la mano—. Seamos realistas. Por tu... naturaleza, estás predispuesto para cargar con cuerpos, puede que incluso para echar una mano en la mesa de autopsias. Ahí siempre nos hacen falta hombres fuertes y capaces —añadió, reajustándose el abrigo—. Como es evidente, podrás asistir a las clases que consideres más adecuadas, siempre y cuando puedas mantener el ritmo del programa, que ya te advierto que es bastante riguroso. Sin embargo, quiero que entiendas que, cuando salgas de aquí, solo podrás buscar empleo en lugares en los que le permitan el acceso a los negros, y lamento decirte que en ni uno solo de esos sitios se plantearían aceptarte como aprendiz de médico.

La rabia ardía como un infierno abrasador en mis entrañas. Las llamas me atravesaron el pecho y me mareé un poco.

—Somos quienes somos, joven Gabriel —dijo sir Hastings—. No sirve de nada negar nuestra propia naturaleza. Te deseo lo mejor y me mantendré ojo avizor para asegurarme de que tu inscripción en esta excelente institución no suponga ninguna clase de desgracia. —Luego me dio una buena palmada en la espalda—. Si te gradúas, serás toda una inspiración, un gran ejemplo de lo que podría conseguir tu gente si, sencillamente, poseyera la voluntad necesaria.

Metió la mano en su maletín, sacó varios papeles y me los pasó, deslizándolos sobre el escritorio. Después giró sobre los talones y me dejó solo en aquella aula vacía.

—¿De verdad quieres ser médico? —preguntó una voz entonces, que consiguió abrirse paso a través de la nube de rabia que me envolvía.

Me di la vuelta en el asiento y me encontré al joven de la casa de huéspedes.

Jekyll.

—No... no te había visto —respondí, sonrojándome—. ¿Llevas aquí todo este rato?

Jekyll se puso en pie y se estiró la chaqueta, pero no me miró a los ojos.

—Sí. Lo siento. No quería ponerte en una situación violenta. Me había sentado ahí al fondo para estar a solas un momento, pero entonces has entrado y... Bueno, no puedo culparte por no haberte fijado en mí. —Se acercó despacio—. Sir Hastings le suelta el mismo discurso a todo el mundo. Considera que es mejor que sepamos cuál es nuestro lugar, como si se nos permitiera olvidarlo en algún momento, ¿sabes?

Se dejó caer en el asiento de al lado. Tenía la piel del color de la tierra tras un chaparrón, igual que los ojos. Las largas pestañas casi le rozaban la parte superior de las mejillas. Torció la boca y esbozó una leve sonrisa. Casi se me paró el corazón.

—Henry Jekyll —se presentó, extendiendo la mano hacia mí.

—Gabriel Utterson —respondí, estrechándosela.

—Ya lo sé. —Retiró la mano, pero la dejó sobre la mesa blanca de madera de roble. Tenía unos dedos largos y esbeltos, los nudillos oscuros y las palmas pálidas—. Siempre se arma un revuelo cuando sir Hastings trae a otro... estudiante.

Intercambiamos miradas. Ambos entendíamos lo que quería decirme con esas palabras.

—¿Así que tu padre quiere que seas médico? —me preguntó Henry con voz leve—. ¿Es consciente de lo complicado que lo vas a tener?

—Claro que sí —respondí—. Fue médico durante la guerra. Aprendió bajo el ala de James McCune Smith, pero no le permitieron ejercer en Londres, al menos de manera oficial. Así que abrió su propia consulta y comenzó a atender a los miembros de nuestra comunidad, pero siempre ha creído que podría haber hecho mucho más.

—¿Más? —preguntó Henry, con la mirada gacha, observando la mesa—. ¿Te refieres a que también le habría gustado pasar consulta a los blancos?

Henry tenía razón, pero, aun así, su comentario me molestó.

—No es tan sencillo. Encontró su propósito en la vida cuidando de los nuestros, pero en los hospitales de blancos cuentan con mejores equipos y materiales. Le habría gustado poder acceder a ellos. Se imaginaba tratando a sus pacientes en uno de esos hospitales. Ni siquiera lo dejaron entrar en los terrenos el día en que fue a preguntar si había algún puesto libre.

—Lo entiendo —respondió Henry, y me dedicó una mirada comprensiva—. Mi padre también es médico. Es científico. Trabaja en la planta inferior, en el laboratorio.

Sir Hastings le permite ejercer la enseñanza, pero no le permite poseer un título oficial, y el sueldo apenas da para vivir. Si no fuera por la herencia de mi madre, no tendríamos nada.

—¿Provienes de una familia adinerada? —le pregunté confundido—. Pero, entonces, ¿por qué vives en la casa de huéspedes?

Henry se recolocó en el asiento, incómodo.

—Lo siento —me disculpé a toda prisa—. No pretendía ser tan directo.

Henry le quitó importancia al asunto con una sonrisa tensa.

—Estar en casa es… complicado. Y la casa de huéspedes de Laurie es la única que queda lo bastante cerca del colegio como para venir andando, y encima es la única que permite alojarse a estudiantes que no sean blancos. —Suspiró, y su aliento cálido me rozó el cuello. Un escalofrío de emoción me recorrió el cuerpo entero—. Mi madre lo organizó todo para que me alojara allí. Me enfadé con ella. Yo quería quedarme en casa, pero ahora… —Dejó la frase a medias y, por el rabillo del ojo, me pareció que sonreía. Entonces retiró la silla a toda prisa y se puso en pie—. Tu padre quiere que sigas sus pasos, aun cuando él mismo tuvo que enfrentarse a tantas injusticias… pero ¿tú qué quieres hacer, Gabriel? Tengo la intuición de que, si por ti fuera, habrías escogido un camino distinto.

—Tienes razón —respondí—. Quiero estudiar Derecho.

Henry sonrió y se metió las manos en los bolsillos de la chaqueta.

—¿Para ser abogado? —Me miró de la cabeza a los pies—. Te pega. —Caminó hacia la puerta y, entonces, se giró hacia mí—. ¿Nos veremos en clase?

Asentí, y entonces Henry desapareció. Me quedé solo, sumido en mis pensamientos agitados.

3

El Doctor Jekyll

Mis primeras semanas en el Colegio de Medicina de Londres estuvieron plagadas de clases de Anatomía, lecciones de química y sesiones de estudio durante las que tuve que memorizar los distintos usos de varios medicamentos. Henry y yo nos sentábamos al fondo de las clases y de las conferencias y tomábamos apuntes. Henry captaba hasta el último detalle. Tenía una sed de conocimiento insaciable, y su actitud tranquila logró cautivarme.

Henry era mejor estudiante de lo que yo había sido jamás, y aquello se hacía aun más evidente cuando nos sentábamos en el antiguo quirófano, donde apenas había luz. Aquella clase improvisada se hallaba en el sótano del colegio, un lugar sombrío en el que los olores químicos eran más intensos que en cualquier otra parte.

Henry me informó de que lo que llevaba oliendo todo ese tiempo era formaldehído, y también me dijo que en algún rincón de las entrañas del colegio se hallaba la habitación en la que guardaban los cadáveres.

El doctor Jekyll era un hombre alto de hombros anchos. Llevaba una barba recortada con esmero en la que se veía algún que otro mechón cano. Cuando nos sentamos, nos observó a través de sus gafas redondas. Henry prefería sentarse junto a la barandilla, en los asientos que quedaban más cerca de su padre. Y aquella era la única clase en la que contábamos con el permiso para ello.

—Vamos a seguir por donde lo dejamos —anunció el doctor Jekyll.

Tenía la voz ronca y, mientras nos explicaba los pormenores de las dos horas que pasaríamos con él, se le fue el santo al cielo varias veces y tuvo que comenzar las frases de nuevo.

—¿Está bien tu padre? —le pregunté a Henry entre susurros.

Henry asintió veloz.

—Anoche se quedó despierto hasta tarde. No deja de trabajar en el laboratorio.

—¿Tiene un laboratorio propio? —pregunté.

—Sí, y pasa tanto tiempo en él que apenas lo veo cuando estoy en casa. Está obsesionado.

—¿Con qué?

Henry fue a contestarme, pero su padre carraspeó con fuerza.

—¿Interrumpo algo, Henry? —preguntó—. A lo mejor te gustaría impartir la clase.

Me hundí en el asiento.

—No, señor —respondió Henry, y luego reorganizó sus apuntes y bajó la mirada.

—¿Seguro? —preguntó el doctor Jekyll—. Pues presta atención y guarda silencio.

Henry asintió, y yo pegué mi hombro al suyo. No había interactuado muchas veces con el doctor Jekyll fuera de clase. Lo había visto por los pasillos, o almorzando en el patio. Parecía un hombre inteligentísimo que prefería la compañía de sus notas y sus libros a la de otras personas. Estaba claro que había cierta tensión entre padre e hijo, pero llevaba muy poco tiempo siendo amigo de Henry como para preguntarle nada al respecto. Apoyar el hombro contra el suyo era una forma de decirle que podía contar con mi apoyo en caso de que lo necesitara.

—Prosigamos. —El doctor Jekyll se dirigió hacia una pizarra que había sobre un andamio con ruedas y se sacó una tiza—. A menudo hablamos de la formulación y de los componentes químicos. Empleamos un lenguaje bastante clínico que resulta adecuado para un entorno de aprendizaje como en el que nos hallamos. Sin embargo, no deben olvidar que todo lo que hacemos es en beneficio de la humanidad. Para curar lo que aflige. Para sanar el cuerpo herido. Para curar una herida…

—El cuerpo físico —comentó Henry, tan alto que tanto yo como los que estaban sentados cerca de él lo oyeron.

El doctor Jekyll se volvió hacia su hijo. Yo también. No era normal que Henry hablara cuando no se le había otorgado el turno de la palabra, pero aquella objeción había brotado de él como el agua a través de una grieta en una presa.

—¿Acaso te gustaría explorar el estudio de la mente humana? —preguntó el doctor Jekyll.

Había esperado que se enfadase ante la interrupción, pero el tono que empleó estaba cargado de curiosidad. De hecho, parecía hasta sorprendido.

—¿Acaso no son necesarios ambos? —preguntó Henry—. ¿No habría que estudiar la mente y el cuerpo al mismo tiempo? No se pueden separar.

—La mente y el cuerpo… —El doctor Jekyll y su hijo intercambiaron un duelo de miradas—. Desde luego que están entrelazados. Sin embargo, piensa, Henry: si están unidos, quizá puedan desvincularse. ¿Y entonces qué?

Un murmullo de voces ahogadas y risas sofocadas emergió de entre el público. Yo no sabía bastante del tema como para formarme una opinión, pero resultaba evidente que el doctor Jekyll y su hijo compartían la misma pasión por la ciencia. Henry apretaba la pluma con tanta fuerza que se le marcaron las venas del dorso de la mano.

En ese momento me percaté de la personalidad y el carácter tan parecido que tenían ambos. Los dos poseían una mente aguda, pero eran personas reservadas. La mayor diferencia entra ellos era que, mientras Henry parecía amable, su padre parecía enfadado tras esa fachada de serenidad.

El doctor Jekyll dejó de lado la pregunta de Henry sin añadir nada más al asunto. Habló de sus experimentos con componentes químicos que inducían al sueño, el delirio e incluso a la euforia. Había elaborado varios sueros que nos mostró con orgullo en diversos matraces y botellas con formas extrañas. En la pizarra anotó las fórmulas de cada uno de ellos y luego dejó que los alumnos le hiciéramos preguntas.

En el momento en que dejó la tiza, las puertas del quirófano se abrieron de par en par. Sir Hastings entró en el aula, con una expresión de ira en el rostro, sin importarle en absoluto la lección.

Miré a Henry, que lo observaba todo con gesto de preocupación.

—Perdone la interrupción —se disculpó sir Hastings.

—Si no queda más remedio… —respondió el doctor Jekyll, y le dio la espalda a sir Hastings a propósito.

Una enorme sonrisa cruzó el rostro de Henry, que se acercó a mí y me dijo:

—Mi padre odia a sir Hastings tanto como nosotros, solo que a él no le da miedo mostrárselo.

—Pues a mí me da que debería dárselo —le susurré.

Mi padre siempre insistía en lo importante que era mostrarse educado y cortés en el ámbito profesional. Afirmaba que me sería más útil que las buenas notas e incluso mis habilidades, pero yo no tenía muy claro que la buena educación pudiera salvarme de la ira de alguien como sir Hastings si en algún momento llegaba a enemistarme con él.

Sir Hastings se irguió y carraspeó, luego le lanzó una mirada asesina al cogote del doctor Jekyll, que se negaba a darse la vuelta para mirarlo.

—Esta mañana ha llegado un envío de material de laboratorio para los estudiante de último año y, por lo visto, no está donde debería estar.

Sir Hastings comenzó a dar golpecitos con el pie sobre el suelo de roca irregular, y el sonido se extendió por el quirófano como si fuera un metrónomo.

El doctor Jekyll torció la cabeza mientras anotaba otra fórmula en la pizarra.

—Imagino que debe de haber algún motivo por el que me está informando de este hecho, pero aún no sé cuál es con exactitud.

El rostro de sir Hastings adquirió un tono rojo que jamás había observado en la naturaleza. Miró a su alrededor, y a mí me entraron ganas de decirle: «Sí, todos hemos oído lo que acaba de decirle el doctor Jekyll», pero guardé silencio.

—Le sugiero que vigile el tono con el que me habla y que recuerde cuál es su sitio. —Sir Hastings observó la sala y posó la mirada en Henry—. Debería dar mejor ejemplo a su hijo, a menos que quiera que crea que es un bruto.

El doctor Jekyll dejó a medias la ecuación que estaba escribiendo. Apretó la tiza contra la pizarra hasta que comenzó a desmenuzarse en varios trocitos que cayeron flotando hacia el suelo. Miró hacia atrás, por encima del hombro, y luego hacia el señor Hastings.

—¿Por qué es un asunto tan urgente? ¿Por qué no le pide a algún estudiante que localice el envío? Es imposible que haya desaparecido sin más.

—Porque lo recibió usted —respondió el señor Hastings—. Su firma figura en el registro. ¿Qué hizo con él una vez que lo tuvo en su poder?

—Lo dejé en la sala de materiales —respondió el doctor Jekyll, sin dejar de garabatear fórmulas sobre la pizarra—. Todo el cuerpo docente tiene acceso a esa sala. —Se giró hacia el señor Hastings y, por primera vez desde que había llegado, le dedicó toda su atención—. Me ha sometido a un interrogatorio exhaustivo y ya le he respondido. Estoy seguro de que también interrogará a los otros doscientos ochenta y ocho miembros del personal con la misma dureza. —Y entonces se dio la vuelta hacia los alumnos—. Por favor, copien la fórmula que he escrito y díganme cuál sería el mejor método para destilarla y también cuántos ciclos harían falta para obtener un compuesto puro.

Comencé a anotar la fórmula a toda prisa en mis apuntes, y el señor Hastings se quedó allí plantado, aturdido, durante varios segundos. Después salió de la sala sudando como un pollo y bufando.

El doctor Jekyll dejó escapar un largo suspiro de exasperación.

Al terminar la clase, Henry y yo nos quedamos atrás mientras los demás salían pitando de aquel sótano húmedo. Lanyon, un joven con el que me había topado en unas cuantas ocasiones, me rozó el hombro y se despidió con la mano antes de marcharse. Hice amago de ir tras él, pero Henry se quedó rezagado.

—Deberían darle otra aula a tu padre —comenté, tapándome la nariz y la boca con la solapa de la chaqueta—. Huele fatal.

—¿Y que creyera que está al mismo nivel que el resto del profesorado? —respondió Henry con tono sarcástico—. Hastings jamás lo permitiría.

Detrás de nosotros, en la clase, el doctor Jekyll se metió en su despachito, que se encontraba en la parte trasera del quirófano. Escuchamos un ruido metálico muy fuerte, como si se forzaran unas bisagras oxidadas y, después, un silencio inquietante.

—¿Qué diablos ha sido eso? —pregunté.

—Se ha ido al subsótano —respondió Henry en voz baja.

Bajé la vista hacia el suelo de piedra y me pregunté qué podía merodear por ahí abajo. En el subsótano se hallaba la morgue, y ya me habían llegado varios rumores de que, en ocasiones, a través del sistema de ventilación llegaban gritos espantosos que provenían del nivel inferior.

—¿Y qué hace tu padre ahí abajo? —pregunté.

Henry se metió las manos en los bolsillos y sacudió la cabeza.

—Ahí es donde guardan los cuerpos.

—Pero tu padre es químico. ¿Para qué necesita un cadáver?

—No sé. —Henry se encogió de hombros—. Nunca habla del tema, pero ese ruido era el que hace la trampilla de la rampa cada vez que se abre y se cierra. —Entonces señaló el antiguo quirófano—. Aquí solían practicarse disecciones anatómicas, por lo que necesitaban un modo de deshacerse de los cuerpos y llevarlos a la morgue cuando terminaban.

—¿Y tu padre baja por ahí?

Me horroricé solo de pensarlo.

—¿Quieres verla? —me preguntó Henry.

—No puedes estar diciéndomelo en serio —le dije, negando con la cabeza.

Pero Henry ya se había encaminado hacia el despacho del doctor Jekyll.

—Siempre he querido saber cómo es ahí abajo, pero los alumnos solo pueden entrar si van acompañados de un profesor.

Me acerqué a él y lo agarré de la manga.

—Henry, no —le dije—. No podemos.

Henry se volvió hacia mí. Esperaba encontrarme con una sonrisa maliciosa, pero, en cambio, me topé con una expresión de dolor.

—Mi padre es un hombre lleno de secretos —respondió, con la voz baja y temblorosa—. En general, disfruto mucho estudiando aquí, y quiero compartir todo eso con él. Si me explicara en qué está trabajando, a lo mejor podría ayudarlo.

Henry y yo nos parecíamos muchísimo. Ambos nos moríamos por complacer a nuestros padres y encontrar intereses comunes. Hasta ese momento, me había visto atraído hacia Henry por varios motivos: sus ojos, su sonrisa, su actitud serena... pero había mucho más que lo que se veía a simple vista. Quería averiguar todo lo que pudiera sobre él, incluidos aquellos sentimientos tan frágiles y complicados que albergaba hacia su padre. Confiaba en que me revelara todos sus miedos y todas sus esperanzas.

Le di un apretoncito en el hombro y le dije:

—Te entiendo, pero creo que debería decirte que me aterra la oscuridad.

—No es la oscuridad lo que te aterra —respondió él, con una risita—, sino todo lo que merodea en ella.

—No me estás ayudando, ¿eh? —contesté.

A Henry se le iluminó el rostro. Luego me tomó de la mano y me condujo hacia la puerta del despacho de su padre. Echó un ojo a través de la ventanita rectangular y, después, la abrió.

Resultó evidente que, en su origen, aquello era una especie de armario de almacenaje. Las paredes estaban tan cerca las unas de las otras que casi podía tocarlas al mismo tiempo si estiraba los brazos. En una de ellas se apoyaban varias estanterías (completamente distintas entre sí), y en el centro de la estancia había un escritorio pequeñito cubierto de libros de texto y pilas de papeles. Henry rodeó el escritorio y se plantó ante una puerta de metal oxidado, que quedaba medio oculta tras un tapiz y que le llegaba al hombro.

Agarró la manivela y tiró. La puerta se abrió con un crujido y ambos contuvimos el aliento. Miré hacia atrás, hacia la puerta del despacho y el quirófano. No había nadie. Supuse que, si alguien había oído aquel ruido, no tenía mucha prisa por investigar qué lo había producido.

Me pregunté si vendría alguien al oír mis gritos.

Una ráfaga de aire fétido trepó por el estrecho pasadizo que reveló la puerta. Yo me cubrí la nariz con la mano, y Henry retrocedió.

—No deberíamos hacerlo —le dije, porque las dudas se habían apoderado de mi cuerpo—. Vamos, Henry.

Intenté apartarlo de la puerta, pero él clavó los talones y se negó a moverse. Vi en su rostro que él era consciente de que era una pésima idea, pero que aun así quería hacerlo. Suspiré, me adueñé de una lamparita de aceite que el doctor Jekyll tenía sobre la mesa y la encendí con una cerilla.

—Al menos podremos ver por dónde vamos —le dije.

Henry me sonrió y entramos en aquel hueco estrecho en fila india.

La pendiente de la rampa era tan pronunciada que podría haberme caído y deslizado por ella. Sin embargo, a cada paso, alguien había tallado una especie de escalón improvisado sobre la superficie lisa. Aquella leves muescas eran lo único que impedían que Henry y yo nos precipitáramos hacia nuestra muerte.

Me agarré al abrigo de Henry mientras descendíamos hacia la oscuridad negra como la tinta. El olor a podrido se intensificó, y la temperatura cayó con cada paso que dábamos. La lámpara de aceite iluminó un largo trozo de cuerda deshilachado enrollado en unas poleas oxidadas.

—Colocaban los cuerpos en una plataforma y los subían con un cabrestante cada vez que los necesitaban —me susurró Henry—. Luego, cuando los mandaban de vuelta a la morgue, no utilizaban la cuerda. Los soltaban por la rampa y ya.

—Pero no me lo cuentes mientras estamos aquí —le dije, presionando la mano contra su espalda para ver si así bajaba más rápido.

Al final de la rampa nos encontramos una plataforma, y yo, que seguía detrás de Henry, estuve a punto de caerme del pasadizo. Me incliné hacia él e intenté recuperar el aliento.

—Tranquilo, Gabriel —me dijo Henry, y luego se quedó mirándome—. No te has hecho daño, ¿no?

—No —contesté.

Sin embargo, estaba más asustado de lo que lo había estado en toda mi vida.

Al incorporarme, examiné nuestros alrededores y me quedé sin palabras. Unos arcos redondeados conducían a una serie de túneles que tan solo quedaban iluminados por antorchas titilantes. Los techos eran bajos, y daba la impresión de que estábamos muy por debajo del suelo, como en una catacumba. Aquel espantoso olor era abrumador. No me atrevía a abrir la boca para hablar por miedo a vomitar. Henry me miró como preguntándome «¿por dónde vamos?», y yo me encogí de hombros. ¿Cómo iba a saberlo?

Henry giró hacia la derecha y avanzamos por el túnel en silencio, pegados contra el muro de piedra. Se oían voces tenues, pero no sabía si venían de los niveles superiores o desde el fondo del túnel. Imaginé susurros ininteligibles que provenían de las bocas de los muertos, y un escalofrío me recorrió el cuerpo entero.

A izquierda y derecha aparecieron varias salas. Algunas tenían puertas, otras no. Algunas estaban repletas de pupitres antiguos y sillas apiladas, y en otras había material de laboratorio. En una habitación, iluminada por una única antorcha, vimos una decena de mesas de acero unas al lado de otras. Sobre ellas descansaban cuerpos cubiertos por sábanas blancas y almidonadas. El corazón me golpeó las costillas cuando vi un par de pies que sobresalían de una de las sábanas; en uno de los pulgares tenía enganchada una etiqueta con algo escrito. Me apoyé en la pared húmeda para no perder el equilibrio, y Henry observó la sala sin pestañear.

Justo cuando iba a proponer que diéramos media vuelta en ese mismo instante, Henry, con cautela, dio un paso hacia unas puertas dobles. Una de ellas estaba ligeramente abierta, y, al otro lado, vi de refilón al doctor

Jekyll en una sala que apenas contaba con iluminación. Se hallaba ante una mesa, y había otro hombre delante de él.

—¿Hiciste lo que te ordené? —le preguntó el doctor Jekyll—. ¿Llevaste a cabo el procedimiento tal y como te indiqué?

—Sí —respondió el otro hombre. Se sacó una aguja del tamaño aproximado de mi dedo corazón y enhebró un hilo encerado—. Los resultados han sido… inesperados.

El doctor Jekyll se hizo a un lado, y solo entonces vi que sobre la mesa yacía un hombre de espaldas. El cadáver estaba desnudo, rígido, y tenía el tórax abierto. Noté el vómito trepándome por la garganta, y las náuseas amenazaron con hacerme perder el conocimiento. Me agaché, me pegué contra el muro y cerré los ojos.

—¿Anotaste los descubrimientos? —preguntó el doctor Jekyll.

Abrí los ojos en el mismo instante en que el otro hombre atravesó la piel del cuerpo y comenzó a suturar el pecho del cadáver.

—Me dijiste que no dejara nada por escrito.

—Muy bien —respondió el doctor Jekyll.

—Le administré el compuesto y, al momento, se produjo un cambio más que evidente en el aspecto del cuerpo —explicó el hombre mientras seguía suturando. Cada vez que atravesaba la piel rígida del pecho con la aguja, producía un sonido espantoso, como si clavara las uñas en una hoja de papel. Me ponía los pelos de punta—. Cambió. Pero ¿importa siquiera? Experimentar con la carne muerta es una cosa, pero… el proceso podría ser completamente distinto en un ser vivo.

—Déjame a mí las preocupaciones —gruñó el doctor Jekyll.

—Acompáñame —le dijo el hombre, y clavó la aguja en el pecho del cadáver y se limpió las manos en la bata—. Te mostraré lo que he averiguado, y haz lo que consideres conveniente con la información. ¿Crees que podrías confiarme tu secretito?

—No —respondió el doctor Jekyll, con tono burlón—. Y si le cuentas algo a alguien, haré que te echen.

El hombre giró sobre los talones.

—No me amenaces, Jekyll. Ambos nos encontramos en una situación precaria con Hastings. No eres mejor que yo solo por que te pases la mayor parte del tiempo fuera de aquí. Si fuera por Hastings, estarías aquí abajo conmigo, cosiendo cuerpos como si fueran jamones de Navidad.

El hombre volvió a girarse y guio al doctor Jekyll hacia la habitación adyacente. Me puse en pie al instante y me di la vuelta para marcharme, pero Henry permaneció junto a la puerta y, después, entró en la sala en la que yacía el cadáver.

Corrí tras él y, por más que lo intenté, no logré evitar mirar el horror tendido ante mí.

El cuerpo tenía la piel de un color gris enfermizo. Lo habían abierto en canal y le habían retirado todos los órganos. Tenía los ojos abiertos de par en par, pero no tenían la mirada perdida y vacía, como los de mi abuela, sino que se estaban pudriendo. La sala entera apestaba a carne putrefacta y al fluido que trataba de contener la descomposición.

—Henry —le dije, y el pestazo se me quedó pegado a la garganta—. Por favor, Henry, tenemos que irnos.

—Míralo —me contestó, y alzó la mirada hasta que nuestros ojos se encontraron—. ¿Está experimentando con cadáveres? ¿Mi padre? No... no lo entiendo.

—Ni yo, pero ya intentaremos comprenderlo cuando salgamos de aquí —le respondí, con el sudor corriéndome por la espalda y perlándome la frente, y el corazón latiéndome desbocado en el pecho.

Henry pareció recobrar la serenidad al momento, y luego rodeó la mesa y se olvidó del cadáver. Corrimos hasta la rampa y trepamos por ella. Cuando al fin llegamos al despacho del doctor Jekyll, resollando, noté que me ardían las piernas y los pulmones.

Henry y yo volvimos a la casa de huéspedes bajo un aguacero y sin pronunciar palabra. Cuando llegamos, calados hasta los huesos, nos quitamos los abrigos y los colgamos de un cordel que extendimos sobre el hogar de mi cuarto.

Cuando Henry se sentó en la silla, le vi el cuerpo a través de la tela de la camisa, casi translúcida. Se arremangó hasta los codos y dejó al descubierto la piel suave y marrón de los antebrazos. Aparté la mirada, temeroso de que la expresión de mi rostro me traicionara. Extendí sobre el suelo los apuntes que había tomado ese día en clase y me puse a reorganizarlos para mantener la mente ocupada.

Henry se quedó contemplando las llamas y se sumió en sus pensamientos. Durante las semanas que habían transcurrido desde nuestro primer encuentro, me había percatado de que el chico era propenso a esta clase de comportamiento: se encerraba en sí mismo y se quedaba con la mirada perdida.

—¿Quieres hablar? —le pregunté.

—No soy quién para cuestionar el trabajo de mi padre, pero no puedo hacer como si no hubiera visto nada.

—Pero ¿experimentar con cadáveres no es lo normal?

Solo de pensarlo me ponía malo, pero era algo que todo el mundo sabía.

—Sí, pero parecía que lo estaban haciendo en secreto. —Henry se recolocó en la silla—. Mi padre es muy estricto con que se deben tomar notas de todo. Es muy meticuloso a la hora de documentar sus procesos, pero le pidió a ese hombre que no registrara lo que había descubierto. ¿Por qué le pediría algo así?

—No tengo ni idea —respondí—. La verdad es que sí que suena un poco raro.

Henry sacudió la cabeza. No creía que fuera a continuar, pero entonces inspiró hondo, me miró y me dijo:

—Estaba pensando en lo que ha ocurrido con mi padre y sir Hastings. Mi padre es orgulloso, pero se ha ganado el derecho a serlo. Es muchísimo más listo que sir Hastings, y a sir Hastings le encantaría que mi padre se rebajara ante él.

—Mi padre es de los que opina que rebajarse es válido para ganarse el respeto de alguien.

Henry ladeó la cabeza, y en su interior prendió una rabia poco frecuente en él.

—¿Lo dices en serio?

—Yo no he dicho que esté de acuerdo con él —me excusé a toda prisa—. Ya te he contado todo lo que pasó con mi padre y su formación. Siempre afirma que, si no se hubiera mostrado tan resentido cuando las instituciones de medicina de Londres lo rechazaron, quizá lo habría tenido más fácil para obtener un empleo en ellas.

Henry volvió a posar la mirada sobre las llamas.

—Mi padre opina que puedes alcanzar el éxito sonriendo y respondiendo «sí, señor» —proseguí—. Que, aun cuando las oportunidades no llegan a materializarse, al menos los demás te considerarán alguien respetable. —Aun pronunciando aquellas palabras en alto, supe que no eran ciertas. Además, tampoco comprendía cómo era posible que mi padre se hubiera convencido a sí mismo de que lo eran—. Si hubiera visto lo que ha pasado entre tu padre y sir Hastings, habría dicho que ceder ante un hombre como sir Hastings haría que los demás nos vieran como personas agradecidas.

—¿Agradecidas de qué? —me preguntó Henry—. Aún no he visto a Hastings exigiéndoles a los demás profesores que se sometan a él.

—Pero eso ya sabes por qué pasa —contesté.

Henry asintió.

—Pues claro que lo sé.

Bajó de la silla al suelo y se estiró frente a la chimenea, con las piernas cruzadas y los brazos detrás de la cabeza. La camisa ya casi se le había secado y se le había subido un poco, con lo que su ombligo había quedado al descubierto. No aparté la mirada.

—Dime, Gabriel…, ¿qué es lo que más quieres en el mundo?

Reí, incapaz de contenerme.

Henry se giró hacia mí y enarcó una ceja.

—¿Qué te hace tanta gracia?

—Nada. Es que… no son cosas en las que suela pensar.

Aunque aquello no era del todo cierto. En ese instante, tan solo lo quería a él. Intenté pensar alguna respuesta que no me fuera a obligar a salir de mi cuarto a toda prisa, avergonzado, pero que al mismo tiempo fuera lo bastante sincera como para que comprendiera lo que intentaba decirle.

—Lo que quiero, y lo que puedo obtener debido a…

Pero me quedé sin palabras, y el corazón amenazaba con atravesarme el pecho.

—¿Debido a qué? —insistió Henry en voz baja.

Me atreví a mirarlo al rostro y me encontré con su mirada gentil. Sin embargo, no me atreví a proseguir.

—A nada.

—¿A nada? Mmm… —Henry alzó la vista hacia el techo—. Bueno, cuando estés listo para dejar de mentirme, ahí estaré para escucharte.

¿De verdad podía ser tan fácil? ¿De verdad podía contarle aquello que guardaba con tanto recelo? Por lo visto, él también parecía haberse dado cuenta de que compartíamos una especie de camaradería que ninguno había manifestado de forma abierta. No solo porque tuviéramos una relación complicada con nuestros padres, ni tampoco porque hubiéramos escogido un camino en el que la gente nos iba a pisotear… Había algo más que nos unía.

Henry inspiró hondo.

—Dime, Gabriel, ¿qué soy bajo esta fachada? ¿Quién soy cuando me desprendo de todo lo demás?

—Eres Henry —respondí—. Henry.

—¿Y crees que basta? —me preguntó.

—¿Para quién? —Medí bien mis palabras para no provocar ninguna confusión—. ¿Para el resto del mundo? —Negué con la cabeza—. No deberíamos valorarnos según lo que piense la gente de nosotros.

—Pero, entonces, ¿cómo nos valoramos?

Me quedé pensando durante unos instantes.

—Ojalá pudieras verte a través de mis ojos.

Henry inclinó la cabeza hacia mí.

—¿Y qué verías?

Junté las manos para que dejaran de temblarme.

—A un chico tranquilo con un rostro hermoso. A alguien que lo único que quiere es que lo vean tal y como es.

—Sí —susurró Henry—. Quiero que me vean, y, si tú me vieras, entonces…

—Te veo, Henry.

Sentados junto a la luz de la chimenea, envueltos en el golpeteo constante de la lluvia sobre el techo, Henry estiró la mano hacia mí. Yo se la tomé y entrelazamos nuestros dedos.

4

1884

Ambos cumplimos dieciséis años aquel verano y, durante el tiempo que pasamos separados, nos enviamos tantas cartas que no me quedó otra que esconderlas en un baúl en el desván en vez de guardarlas bajo el colchón porque la cama ya no era cómoda de la cantidad de cartas que había. Quise llevármelas todas a Londres, para el segundo curso, pero no tenía espacio suficiente en la maleta.

Me llevé solo las que más me importaban, aquellas en las que Henry se dirigía a mí como «mi queridísimo Gabriel», en las que hablaba de lo muchísimo que deseaba que nos viéramos en persona y de lo contentísimo que estaría el día en que al fin nos reuniéramos. También me contaba otras cosas que deseaba, cosas que hacían que la cabeza me diera vueltas y que no podía revelarle a nadie. No comentó nada sobre los experimentos de su padre ni sobre lo que habíamos descubierto bajo el colegio, aunque sospechaba que aquello aún le rondaba por la mente.

Al fin llegó el día en que Henry y yo íbamos a reencontrarnos. Me acomodé en mi antigua habitación de la casa de huéspedes de la señorita Laurie y esperé impaciente a que llegara.

Cada vez que oía abrirse la puerta, corría hacia las escaleras. Vi muchos rostros conocidos, sin embargo, Henry no llegó hasta que casi hubo anochecido. Al verlo tras aquel largo verano que habíamos pasado separados, me derretí.

Estaba más alto, tenía los hombros más anchos, pero su sonrisa era tal y como la recordaba. Ante mí se hallaba esa misma sonrisa que había quedado grabada a fuego en mi mente durante todos esos largos meses.

Henry subió por las escaleras y, al verme, esbozó una sonrisilla. Si no me hubiera agarrado a la barandilla, me habría caído escaleras abajo. Me acerqué a él, pero me detuvo. Jamás me había mirado del modo en que lo hizo en ese instante. Había miedo en sus ojos; era una mirada que me decía que me había excedido.

Retrocedí al instante y me metí las manos en los bolsillos. Henry echó la vista hacia atrás; la señorita Laurie y los demás chicos se habían metido en la cocina. Cuando se hubo asegurado de que no nos miraba nadie, Henry me tomó de la mano, me guio hasta mi cuarto y cerró la puerta en cuanto entramos.

Se pegó a mí, pero mantuvo la mirada gacha y me habló con un tono que se había vuelto mucho más grave desde la última vez que lo había oído.

—Me alegro mucho de verte.

El corazón me dio un vuelco.

—¿Por qué has tardado tanto? Casi me vuelvo loco esperándote.

Henry dejó escapar un suspiro.

—Quería llegar al amanecer para asegurarme de que ya estaba instalado cuanto tú llegaras, pero mi padre me ha mantenido ocupado durante un buen rato. Se enrolla más que las persianas, pero seguro que ya te has dado cuenta.

—Sí —le dije riéndome—. Me ha quedado bastante claro después de pasarme un curso entero en sus clases.

Henry se rio y noté que me sonrojaba. Apoyó la frente contra la mía, con gentileza, y una leve bocanada de aliento escapó de sus labios.

—Te he echado de menos, Gabriel.

Le tomé la mano y me la coloqué sobre el pecho, justo encima del corazón.

—Siempre te tengo cerca.

—¿Te puedo preguntar una cosa? —me dijo Henry.

—Lo que quieras.

Henry recorrió la habitación con la mirada.

—¿Dónde están las cartas que nos hemos mandado?

No era la pregunta que me esperaba.

—Las he dejado en casa —respondí—. Las he escondido.

Henry dejó escapar un largo suspiro y me apretó la mano.

—Pero me he traído unas cuantas —añadí.

Henry me miró fijamente.

—¿Puedo verlas?

Me encogí de hombros y, aunque no quería volver a tener que separarme de él nunca, me aparté y fui a sacar las cartas de mi bolsa de viaje. Henry extendió las manos y se las entregué.

—Ya estamos juntos —me dijo entonces—. Podemos decirnos en alto todo lo que escribimos en estas páginas.

—¿En serio? —le pregunté—. Le tengo muchísimo cariño a estas cartas.

Se le tensaron los músculos de las sienes, como si estuviera apretando la mandíbula.

—Debemos tener cuidado. Ni te imaginas...

Pero entonces se calló de pronto y, con un solo movimiento, arrojó las cartas a la chimenea.

—¡Henry! —Corrí hacia el hogar, como si pudiera evitar de algún modo que las llamas consumieran el papel, pero ya era demasiado tarde. El fuego cubrió las páginas, oscureció los bordes y, en cuestión de segundos, las convirtió en cenizas—. ¿Por qué lo has hecho?

Henry me agarró con delicadeza de los brazos y me obligó a girarme para que lo mirara.

—Por favor, si estoy siendo demasiado directo, dímelo, pero he dado por hecho que preferías oír de mis labios todas esas palabras en vez de tener que leerlas en las cartas.

—Sí, claro, pero…

Henry me acarició los brazos y descendió por ellos hasta que nuestras manos casi se encontraron.

—Entiendes lo peligroso que va a ser todo esto. Sé que lo entiendes, si no, no habrías escondido las cartas. Yo quemé todas las que me enviaste.

Me quedé observándolo.

—Sí, las quemé, pero antes memoricé hasta la última frase, hasta la última cabriola de tu espantosa caligrafía. Te las puedo recitar siguiendo el orden en que llegaron. No las hemos perdido, pero ya solo existen en un lugar al que solo puedo acceder yo. ¿Lo entiendes?

Lo entendía y, al pensar en ello, lo único que veía era el rostro de mi padre, con los ojos cargados de ira, miedo y lástima. Aquel era el único motivo por el que mi padre había insistido tanto en que estudiara Medicina, porque era una profesión respetable y porque confiaba en que me obsesionara con los estudios. Sin embargo, jamás habría podido adivinar lo que encontraría al cumplir sus deseos: una conexión débil pero que ocupaba toda mi atención con mi querido Henry. Lo único que me obsesionaba era la necesidad de hallarme entre sus brazos.

Retomamos nuestra rutina. Íbamos a clase por las mañanas, dábamos paseos por el parque a primera hora de la tarde (cuando contábamos con el tiempo para ello) y almorzábamos en el patio.

Una tarde, Henry se reunió conmigo en el salón de la casa de huéspedes y me entregó una hoja de papel. Al examinarla, reparé en que era un anuncio para un circo itinerante que se había instalado en el Gran Anfiteatro Sanger. El papel arrugado mostraba a un elefante caminando por la cuerda floja con la ayuda de un payaso vestido con un mono a lunares. Unas letras grandes y negras se extendían por el centro de la hoja:

EL GRAN ANFITEATRO SANGER

ALGO NUEVO BAJO EL SOL EN DOS SESIONES DIARIAS

¡CON BLONDIN, EL MEJOR ELEFANTE CIRCENSE DEL MUNDO!

—Estoy agotado, Gabriel —me dijo Henry—. Necesito salir y pasármelo bien.

Le brillaban los ojos, sin embargo, lo que acababa de decirme me preocupaba. «Estoy agotado».

—¿Qué me dices? —me preguntó Henry, en voz baja—. ¿Te apuntas?

Asentí, y Henry fue corriendo a cambiarse de ropa.

El Gran Anfiteatro Sanger se hallaba en Westminster Bridge Road. Cuando llegamos, el sol ya se había puesto y la oscuridad de la noche se cernía sobre nosotros. Sin embargo, la gente no dejaba de festejar, arremolinada frente al edificio. Un hombre interpretaba una canción muy animada y había gente bailando. Otros se dedicaban a empinar el codo. El ambiente se cargó de expectación cuando un hombre vestido con una chaqueta roja brillante con botones negros relucientes y una chistera negra salió por la puerta del anfiteatro y se subió a un pedestal con un megáfono en la mano.

—¡Pasen! ¡Pasen! ¡Me llamo Pablo Fanque y quiero darles la bienvenida a la noche más grandiosa de la temporada!

Aplastado entre la multitud, hallé la mano de Henry y se la tomé. Lo miré a la cara, y la amplia sonrisa que me dedicó me encendió. Avanzamos mientras el tal Pablo Fanque saludaba a todo el mundo inclinándose la chistera y nos dirigía hacia la entrada.

En el interior, una lámpara de araña de cristal colgaba del techo, justo encima de un gran círculo de tierra. Cuatro palcos circulares se elevaban por encima de nosotros, y el público se asomó a los balcones a gritar y a animar cuando Pablo Fanque se plantó en el centro de la arena y se subió de un salto a una plataforma estrecha.

Habíamos llegado demasiado tarde y ya no quedaban sitios libres en la zona superior, de modo que apoyé la mano en la espalda de Henry y lo guie hasta un hueco que quedaba libre en el nivel inferior, justo al lado de la barandilla.

—¿Utterson? —preguntó una voz de repente.

Junto a la barandilla me encontré con un rostro conocido: Lanyon. Era un estudiante de último curso en el Colegio de Medicina de Londres, dos años mayor que Henry y que yo, que pasaba casi todas sus horas libres con mi primo Enfield. No habíamos hablado en muchas ocasiones, pero siempre se había mostrado amable conmigo. Me sonrió con gentileza y se abrió paso entre sus compañeros para acercarse a nosotros.

—Me alegro de verte —me dijo Lanyon, y luego observó a Henry—. Y a ti también, Jekyll.

Henry asintió, y yo me quedé ahí, entre ambos, junto a la barandilla.

—Parece que va a ser todo un espectáculo —comentó Lanyon, frotándose la barbilla—. La verdad es que me estaba arrepintiendo de que mi primo y sus amigos me arrastraran hasta aquí, pero ahora me alegro de haber venido.

Lo miré, y Lanyon enarcó una ceja muy fina. Henry estaba observando la arena, y yo me alegré de ello porque me estaba poniendo rojo como un tomate.

—No te emociones demasiado —le dijo a Lanyon uno de sus amigos—. El médico te ha dicho que tienes que descansar. Ni siquiera deberíamos estar aquí.

—¿Estás enfermo? —le pregunté.

—Es por el corazón —respondió Lanyon, pero le quitó importancia con un gesto de la mano—. Se supone que tengo que mantenerlo calmado, latiendo a un ritmo constante. Pero, claro, si apareces por aquí, pues tampoco puedo hacer mucho al respecto.

Aquel comentario me desconcertó, y comencé a repasar todas y cada una de las interacciones que habíamos mantenido, por más triviales que fueran. La adoración que sentía hacia Henry me había distraído tanto que me había impedido fijarme en nadie más.

—¡Que comience el espectáculo! —anunció el maestro de ceremonias.

Agradecí la distracción. El maestro de ceremonias presentó a varios artistas: una mujer que llevaba un traje color crema caminó por la cuerda floja mientras un grupo de payasos hacía malabares con palos a los que, en ocasiones, les prendían fuego. Con cada número, Henry y yo gritábamos y aplaudíamos cuando el maestro de ceremonias así lo indicaba. Sin embargo, cuando una joven se subió a los hombros de otra, y ambas mantuvieron el equilibrio durante una gran bola de tela, ambos guardamos un silencio absoluto.

—Es magnífico —me dijo Henry.

Estábamos tan apelotonados que nadie pareció fijarse en que nos habíamos dado la mano y que teníamos los hombros bien pegados. El calor y el olor que emitía aquel centenar de cuerpos habría sido terrible en cualquier otra circunstancia, pero merecía la pena soportarlo a cambio del anonimato que nos ofrecía la multitud.

—Y ahora, si son tan amables de atenuar las luces… —dijo entonces el maestro de ceremonias.

Apagaron varias antorchas y el público guardó silencio. El anfiteatro quedó cubierto de sombras. Nadie se movía.

—Damas y caballeros, amigos y rivales —dijo entonces el maestro de ceremonias, llevándose la chistera contra el pecho—. Está noche han sido testigos de unas actuaciones maravillosas, y espero que las hayan disfrutado, pero, ahora, voy a mostrarles algo que no han visto en toda su vida.

Extinguieron el resto de las antorchas y, entonces, un haz de luz brillante cayó desde las alturas e iluminó a una figura agachada que se hallaba al fondo de la arena. Un violín comenzó a interpretar una melodía lenta y sombría, pero las notas no parecían las correctas. Me aferré a la mano de Henry y él se pegó contra mí. La figura se alzó, y entonces me di cuenta de que se trataba de una persona. Sin embargo, tenía la cara cubierta por una especie de máscara. Parecía un rostro humano (con nariz, ojos, y una amplia sonrisa que revelaba los dientes), pero estaba fabricada con una especie de material cubierto de pintura. Lo único que se le veía al artista eran los ojos, que le brillaban. La figura comenzó a contorsionarse, a retorcerse y a dar vueltas. Yo me aparté de la barandilla.

Una mujer profirió un grito ahogado cuando la figura se acercó a ella y se inclinó hacia atrás hasta apoyar las manos y los pies en el suelo al mismo tiempo. La mujer se desmayó al instante.

No podía apartar la mirada de aquella máscara; el rostro que había dibujado en ella sonreía, pero no era una sonrisa reconfortante. No era como los payasos que habían salido con la cara pintada y montando un alboroto durante su número.

De repente, la figura se acercó correteando y se plantó ante Henry.

Solo entonces me di cuenta de que Henry se estaba agarrando con fuerza a la barandilla y que tenía el ceño fruncido y perlado de sudor.

Aquel artista extraño se plantó ante él y, entonces, en un abrir y cerrar de ojos, giró la cabeza y reveló una segunda máscara que llevaba pegada por detrás. Esta no mostraba un rostro humano sonriente, sino unos ojos amarillos, una boca abierta espantosa de labios finos y una lengua ennegrecida.

Henry retrocedió y tropezó conmigo. Lo agarré de la chaqueta para que no perdiera el equilibrio, pero entonces me di cuenta de que no estaba intentando no caerse, sino que intentaba huir de allí.

Lanyon agarró a Henry del brazo.

—¿Estás bien, Jekyll? Ni que hubieras visto a un fantasma.

Henry se soltó de él y me apartó de un empujón con el que estuve a punto de caerme. Luego se abrió paso a través de una multitud de espectadores que, en su mayoría, guardaba silencio porque no tenía muy claro qué pensar del número que estaba observando. Fui tras él, abriéndome paso a empujones, y salí a la calle, pero Henry no se detuvo.

—¡Henry! —lo llamé mientras corría entre los carruajes y los caballos que estaban allí detenidos, mientras me adentraba en el parque que estaba al otro lado de la calle.

Cuando al fin lo alcancé, me lo encontré doblado sobre sí mismo, con las manos sobre las rodillas y la respiración entrecortada.

—¿Estás bien? —le pregunté, apoyándole la mano en la espalda, con delicadeza.

Henry se irguió, sin dejar de temblar, y se quedó mirándome. Su piel había adquirido una palidez enfermiza, y tenía los ojos muy abiertos y llorosos.

—No —me respondió—. No... no lo sé.

La niebla se había extendido sobre el suelo como una sábana gris ondulante. Las farolas iluminaban aquel pequeño verdor y, desde algún punto de Westminster Bridge Road, nos llegaba una música lejana. Era una melodía pausada que no se parecía en nada a esa música espantosa que había sonado mientras el artista de las máscaras dobles recorría el anfiteatro. Mientras intentaba consolar a Henry, que seguía nervioso, me fijé en varios puntitos de luz que danzaban entre la niebla.

—Henry —exclamé—. ¡Henry, mira!

Henry alzó la mirada y se topó con decenas de puntitos de luz amarilla que revoloteaban en la oscuridad.

—Son luciérnagas —dijo Henry. Y entonces inspiró hondo y relajó los hombros—. No deberían verse durante esta época del año.

Jamás había visto luciérnagas en la ciudad, pero en el campo estaban por doquier. Un ramalazo de nostalgia me atravesó el pecho. Me quedé observando aquel baile de lucecitas y, entonces, fui a tomar a Henry de la mano.

Tras echar un vistazo por los alrededores, él también me la dio.

—¿Qué ha pasado ahí dentro? —le pregunté—. Parecías muerto de miedo.

Henry mantuvo la mirada fija en la oscuridad y cada vez fueron más las luciérnagas que descendían desde los árboles y teñían la bruma de un resplandor etéreo.

—Tenía miedo —contestó entonces, tras negar con la cabeza—. Jamás había visto algo así. La máscara me... me ha puesto nervioso.

—Dejemos el tema entonces —le respondí, apoyando la cabeza en su hombro—. Vamos a mirar las luciérnagas y a fingir que no hemos visto nada.

—Ojalá fuera tan fácil —contestó Henry—. Ojalá pudiera cerrar los ojos y dejar de ver a esa criatura horrible mirándome...

—Henry... —le dije, girándome hacia él.

—No quiero hablar del tema —me dijo, acariciándome la mejilla—. ¿Vale?

Asentí y me perdí en la calidez de su tacto. Aún sonaba la música y el resplandor cálido de la bruma húmeda nos envolvía. Henry me pasó la mano por la cintura y empezó a mecerse al ritmo de la melodía.

—Lo siento, Henry, pero no puedo bailar. Se me da fatal.

Henry se rio y me acercó aún más a él.

—Es muy fácil. Tú déjame a mí.

Tropecé con mis propios pies, pero Henry fue preciso con todos los pasos. Cuando el violín que sonaba a lo lejos dio comienzo a otra melodía, comencé a hacerme a los movimientos.

Henry se detuvo de forma súbita y cuadró los hombros para que quedaran a mi misma altura.

—Se me da fatal, lo… —comencé a disculparme.

Henry me sujetó de la barbilla y acercó mi rostro al suyo, y entonces nuestros labios se encontraron.

Todo a nuestro alrededor desapareció. Nada importaba. Esa noche solo estábamos él y yo, y las luciérnagas y la noche.

5

LA MADRE Y EL PADRE

A la semana siguiente, Henry y yo fuimos a la clase del doctor Jekyll a primera hora de la mañana, sin embargo, en cuanto nos acercamos a las puertas dobles del quirófano, vimos al resto de nuestros compañeros apelotonados ante ellas, bloqueando el paso. Se apartaban a empujones y codazos, peleando por tener una mejor posición desde la que observar a través de las ventanitas rectangulares. Samuel Riser (uno de los estudiantes de último curso que parecía pasarse la vida limpiando las pizarras como castigo por quebrantar las normas) se abrió camino hasta colocarse el primero.

—¡Apartaos! —gritó Samuel—. Quiero ver cómo lo destroza.

—¿A quién? —preguntó Henry susurrando.

Todo el mundo se apartó para dejar pasar a Henry, que se asomó a la ventana. Se quedó boquiabierto, y una expresión de absoluta confusión se posó sobre su rostro. Retrocedió con la vista gacha, negando con la cabeza.

—No te hagas el sorprendido —le dijo Samuel—. Era cuestión de tiempo.

—Pero ¿qué pasa? —pregunté.

Lanyon se acercó a mí con el ceño fruncido y los ojos entrecerrados.

—Esto es absurdo. Sir Hastings es un hombre horrible.

No lo ponía en duda, pero aún no comprendía a qué se debía tanto revuelo.

De repente, la puertas dobles se abrieron de par en par y derribaron a varios alumnos. El doctor Jekyll salió del quirófano a trompicones, cargado con una caja de madera repleta de tubos de ensayo y botellas de cristal.

—¡Ni se le ocurra poner un pie fuera de este campus con los materiales que pertenecen a esta institución! —gritó sir Hastings, trastabillando tras él.

El padre de Henry se giró sobre los talones.

—Sus patrocinadores dejaron muy claro que su dinero no iba a destinarse para financiar nada que tuviera que ver con mis clases. Dios santo, Hastings, ¿es que no ha asistido a ninguna de las reuniones de la junta directiva? ¿O es que le gusta hacerse el tonto conmigo?

Parecía que sir Hastings iba a explotar en cualquier momento.

—¿Cómo se atreve a hablarme de ese modo?

—Teniendo en cuenta que ya no trabajo para usted, le hablaré como considere más apropiado —replicó el doctor Jekyll—. Voy a llevarme todo mi material porque lo compré con mis propios fondos, y proseguiré con mis estudios en otra parte.

—¿Sus estudios? ¿Esa ciencia marginal? ¡Es usted un necio, Jekyll! ¡Llévese sus cosas y escóndase en un agujero! ¡Es lo que se merece un desgraciado como usted!

—Padre... —intervino Henry entonces, pero el doctor Jekyll lo agarró con fuerza del brazo y lo interrumpió.

—Vuelve directo a casa cuando termines las clases.

Y entonces soltó a Henry y salió de allí hecho un basilisco mientras sir Hastings seguía echando chispas.

Samuel y sus amigos comenzaron a hablar entre susurros y a reírse. Lanyon se acercó a mí y me dijo:

—Henry no tiene buena cara. Deberías echarle un ojo, pero, oye, si puedo hacer cualquier cosa, no dudes en pedírmelo.

Y entonces me dio un apretoncito en el brazo y se marchó.

Tras la noche del circo, había visto a Lanyon en más ocasiones de lo habitual por el campus, pero no tenía del todo claro si era porque él me buscaba, o sencillamente por casualidad. Que se mostrara desconfiado con sir Hastings y preocupado por Henry me dio esperanzas de haber encontrado otro aliado.

Henry parecía que iba a morirse de la vergüenza. Lo agarré del codo y lo arrastré en dirección al quirófano para llevármelo hasta el despacho de su padre. Una vez entramos, cerré la puerta, y Henry se desplomó sobre la silla y apoyó la cabeza en las manos, que a su vez tenía apoyadas sobre el escritorio.

—¿Qué pasa? —le pregunté.

Henry apoyó la frente contra el escritorio. Le temblaba todo el cuerpo.

—Mi padre lleva trabajando sin descanso para esta institución desde hace casi diez años. Nunca lo han valorado. Mira este despacho. Mira dónde lo obligan a impartir sus clases. —Suspiró—. Sir Hastings lleva acusando a mi padre de varios hurtos desde el verano.

Recordé que sir Hastings había interrumpido una clase del curso pasado, exigiendo saber qué había pasado con un envío de material de laboratorio.

—Eso es una acusación muy grave —respondí.

—Es que no es una acusación —me contestó Henry, y suspiró—. Es que es verdad.

Me quedé sin palabras.

—¿Tu padre ha estado robándole a la universidad? —le pregunté, acercándome al escritorio.

—Igual que ellos le roban a todo el mundo —contestó Henry—. Sus compañeros le roban las investigaciones y las hacen pasar por suyas. Mi matrícula cuesta el triple de lo normal porque creen que mi padre no podrá permitirse semejante gasto y, cuando la paga, se llevan tal decepción por que sus planes hayan fracasado que aprovechan hasta la última oportunidad que se les presenta para convertir su vida en un infierno.

Le apoyé la mano a Henry en el hombro con gentileza. No sabía qué responderle.

—Mi padre haría lo que fuera por mí —dijo Henry—. Lo único que quiere es que tenga éxito allí donde él cree haber fracasado.

Aquello lo comprendía a la perfección.

Henry echó la silla hacia atrás y se puso en pie.

—Nos vemos en el patio cuando acaben las clases. —Pasó por mi lado, rozándome, y luego giró un poco la cabeza y me dedicó una cálida sonrisa—. Por favor.

—Claro.

Y se marchó sin pronunciar palabra.

Me quedé solo en el caos en el que estaba sumido el despacho del doctor Jekyll. El suelo estaba cubierto de libros y folios. Debía de haberse llevado consigo solo lo que podía llevar en brazos. Sobre el escritorio encontré una libreta abierta, cuyas hojas estaban cubiertas con su caligrafía indescifrable. Apenas reconocía el lenguaje que empleaba (casi todo eran términos científicos con los que no estaba familiarizado) y había varios dibujos que ilustraban las fórmulas, cualesquiera que fueran, con las que estaba obsesionado. Pasé las páginas y, en las últimas, me encontré con un retrato realista de Henry.

Era un retrato en blanco y negro que se cortaba a la altura de los hombros. Henry me sonreía desde el folio. Aun tratándose solo de papel y tinta, su expresión removía algo en mi interior. Me pregunté si al doctor Jekyll le importaría que me quedara con aquel dibujo. Acaricié el papel y me topé con una serie de números, letras y símbolos (eran ecuaciones) en el pie de la página. También encontré una frase garabateada, y di por hecho que debía de haberla escritor el doctor Jekyll: «No podemos huir de la naturaleza dual del ser humano, pero sí podemos controlar sus impulsos monstruosos».

En el patio encontré a Henry a la sombra de un arce blanco inmenso, con la chaqueta sobre los hombros. El sol caía sobre él y ofrecía una breve tregua del tiempo plomizo.

—¿Damos un paseo? —me preguntó.

—No hace falta que me lo preguntes —le contesté sonriendo—. Sabes que voy a querer hacer cualquier cosa que me pidas.

—Pues quiero que vengas conmigo a casa —me respondió Henry.

Me detuve en seco.

—A menos que no quieras, claro —añadió, frunciendo el ceño—. No hace falta si no quieres.

—No. Quiero, pero… —Me acerqué a él—. ¿Tus padres saben lo nuestro?

—Sí —respondió sin más.

Su respuesta me desconcertó.

—¿Se lo has contado?

—No pude ocultárselo a mi padre. Sin embargo, que lo sepa no significa que lo acepte. Eso es otra historia.

—¿Y tu madre?

—Lo sabe y lo acepta —me dijo, con la vista fija en la calle que recorríamos—. Ahora bien, pregúntale si se atrevería a decirlo delante de mi padre.

Recorrimos las calles de Londres y llegamos a la finca de los Jekyll, en el número 28 de Leicester Square. Aunque era grande y ocupaba casi media manzana, la finca se hallaba entre una serie de edificios siniestros. La podredumbre había penetrado en la madera de todas las casas de la calle, sin embargo, sus dueños se esforzaban por que no se notara. El hogar de los Jekyll no era un caso distinto. La fachada exterior estaba desgastada por el paso del tiempo. Las contraventanas estaban cubiertas por capas y capas de pintura descascarillada. La puerta principal era una amalgama de distintas clases de madera (en vez de cambiarla entera, habían ido reemplazando las tablas sobre la marcha). El muro de ladrillo y argamasa que rodeaba la finca medía casi dos metros, y lo habían reconstruido tantas veces que me pregunté si quedaría alguna parte de la construcción original. La fachada principal daba a la calle, y estaba rodeada por un alto muro que ocultaba lo que imaginaba que era un jardín y otro edificio. Henry subió los escalones de la entrada y me hizo un gesto para que lo siguiera.

—¿Madre? —llamó en cuanto hubo cerrado la puerta tras de mí.

La casa era enorme y, aunque era evidente que había visto tiempo mejores, era un palacio al compararla con la casa de huéspedes. Era cálida, olía a flores recién cortadas

71

y a leña ardiendo. El vestíbulo principal daba a tres habitaciones y a una cocina en la parte de atrás en la que, a juzgar por el sonido de los cazos y el olor a pan recién horneado, debía de haber montado un buen jaleo.

Observé el gran retrato de un hombre de aspecto serio vestido con un traje azul que colgaba en la entrada. En el perchero se encontraba el abrigo a cuadros que siempre llevaba el doctor Jekyll. En la esquina había todo un surtido de bastones; el mango de uno de ellos tenía la forma de la cabeza de un águila.

Una mujer alta vestida de gris se acercó a nosotros. Abrazó a Henry y le dedicó esa clase de mirada que me indicó que era su madre.

—Ya te has enterado de lo de tu padre, ¿no? —le preguntó ella.

Henry asintió.

Su madre fijó su atención en mí, y luego volvió a centrarla en Henry durante una milésima de segundo más de lo necesario. Se llevó una mano al corazón y, con la otra, tomó a Henry de la mano, comunicándose sin tener que pronunciar palabra. La madre de Henry echó la vista hacia la puerta de atrás y luego hacia el suelo, como perdida en sus pensamientos.

—Madre, te presento a Gabriel Utterson. También vive en la casa de huéspedes. Coincidimos en casi todas las clases.

La madre de Henry sacudió la cabeza y volvió a poner los pies en la tierra, se acercó a mí y me apoyó las manos en los hombros. Tenía los ojos castaños, como

Henry, y llevaba el pelo, entrecano, oscuro y rizado, trenzado como una corona.

—Encantada de conocerte —me dijo—. Henry y tú os habéis mandado tantas cartas que me siento como si ya nos conociéramos.

Abrí los ojos de par en par, y creí que se me iba a salir el corazón por la boca.

—Tranquilo, no las he leído —me dijo a toda prisa, apartando la mirada—. Jamás se me ocurriría hacer algo así. No. Solo las echaba al buzón o se las entregaba a Henry cuando llegaban.

Me dio una palmadita en el hombro y tuve que contenerme para no preguntarle a Henry por qué había quemado mis cartas si sus padres estaban más o menos al tanto de lo que él sentía por mí.

—¿Dónde está padre? —preguntó Henry.

—Donde siempre —respondió su madre, mirando de nuevo hacia la puerta que quedaba a su espalda.

Luego le dio un beso a Henry en la mejilla y desapareció en la cocina.

—Está en el laboratorio —me explicó Henry con voz queda—. Últimamente come allí. A veces hasta duerme. Mi madre está muy estresada con el tema.

—¿Y por qué pasa tanto tiempo en el laboratorio? —le pregunté.

Henry entró en el salón y se sentó en una otomana verde y amplia. Echó la cabeza hacia atrás y la luz moteada que se filtraba a través de la ventana le iluminó el rostro preocupado.

—Está haciendo todo lo posible por seguir con su trabajo. Las instalaciones de la universidad eran mucho más cómodas. Creo que intenta imitar el mismo ambiente de trabajo que tenía allí. Tardará un tiempo, pero estoy seguro de que, en cuanto terminé, volveré a verlo más.

Pero no lo dijo como si eso fuera lo que quisiera en realidad.

—¿Y tu padre no tiene a ningún aliado en la universidad? ¿No podría impugnar el despido?

—¿Basándose en qué? —me contestó Henry—. Las acusaciones son ciertas. No puede reconocerlo, pero tampoco puede negarlo. Al menos no del todo.

—¿Y no hay ninguna opción legal?

Intenté que se me ocurriera algo que pudiera ayudar al doctor Jekyll a recuperar su puesto de trabajo. Fue doloroso darme cuenta de que, si hubiera estudiado Derecho, tal y como quería, quizás hubiera tenido una idea mejor de las opciones que estaban a nuestro alcance.

Toda aquella situación (el despido del doctor Jekyll y la tensión que este generaría en la madre de Henry, ya atribulada de por sí) parecía fácil de evitar. Lo único que habría hecho falta habría sido que el padre de Henry hubiera tenido un abogado.

6

EL PROFESOR KINGSTON LO AVERIGUA

Transcurrieron tres semanas. Un nuevo profesor susti-tuyó al doctor Jekyll, y a este le asignaron un aula en condiciones en el vestíbulo superior y un despacho am-plio y acogedor. Borraron el nombre del doctor Jekyll de los documentos de la universidad, del registro del colegio y del despacho que se hallaba al fondo del quirófano.

Una tarde, cuando Henry y yo tomamos asiento en la clase de Anatomía, Samuel se acercó a nosotros y se apoyó frente al escritorio.

—¿Cómo está tu padre, Henry?

Samuel tenía el cuello de la camisa empapado de su-dor y parecía enfermo de lo rojas que tenía las mejillas pálidas.

Henry apretó los dientes y se le hinchó la nariz.

—Bien.

—Me alegro —contestó Samuel—. Oye, cuando lo veas, ¿te importaría preguntarle si ha visto el material del laboratorio? Ha desaparecido otro envío, y parecía lo bastante desesperado como para habérselo llevado.

Las carcajadas atronadoras de los amigos de Samuel nos envolvieron.

—Mi padre es un hombre respetable —respondió Henry, hecho una furia—. Qué pena que no pueda decirse lo mismo del tuyo.

El silencio se impuso en la clase, y el rojo de las mejillas de Samuel se le extendió por el cuello.

—¿Qué acabas de decir?

Henry alzó la barbilla y miró a los ojos a Samuel. Durante una milésima de segundo, no reconocí la expresión que le cruzó el rostro. Henry casi nunca se enfadaba.

Antes de que Henry tuviera ocasión de pronunciar otra palabra, Samuel lo agarró de la pechera de la camisa y lo levantó del suelo. Yo sujeté a Samuel del abrigo, pero sus amigos me agarraron de los hombros y me retorcieron los brazos.

El profesor Kingston entró en el aula y observó la escena que se había montado.

—Siéntense —ordenó.

Samuel dudó.

—No pienso repetirlo —dijo el profesor Kingston.

Samuel soltó a Henry, que cayó sobre su silla. Sus amigos me apartaron de un empujón, y yo me senté mientras ellos regresaban a sus pupitres. Henry permaneció con la mirada gacha.

Comenzó la clase, pero Henry no tomó ni un solo apunte. Se quedó quieto, con la mirada baja y los hombros caídos durante toda la clase. Cuando sonó la campana casi una hora después, me levanté y recogí nuestras cosas.

—Pasa de Samuel —le sugerí, pasándome su mochila por encima del hombro y formando una pila ordenada con sus libros—. No merece la pena enfadarse por su culpa.

Henry negó con la cabeza.

—Señor Jekyll —lo llamó entonces el profesor Kingston, cuando todos los demás ya hubieron salido del aula—. ¿Podemos hablar un momento? A solas —añadió, mirándome fijamente.

Me adueñé de todas nuestras cosas y salí de la clase. El profesor Kingston cerró la puerta, pero no del todo, de modo que quedó lo bastante abierta como para que la conversación llegara hasta mí. Apoyé la espalda en la pared, y esperé.

—Sus notas han empeorado durante las últimas semanas —le reprochó el profesor Kingston—. Y, aunque estoy seguro de que en parte se debe al despido de su padre, empiezo a cuestionarme si es usted apto para seguir formando parte de esta institución.

—¿Acaso no se lo han cuestionado siempre? —contestó Henry.

El profesor Kingston soltó un bufido.

—Es astuto, señor Jekyll. Cabría pensar que un joven tan inteligente como usted es capaz de comprender que los suspensos no le otorgan una buena imagen.

Henry no contestó.

Qué lío. Henry era listo. Qué digo listo... Henry era brillante. No tenía el menor sentido que estuviera suspendiendo una asignatura, y mucho menos que estuviera suspendiendo Anatomía, que siempre se le había dado de maravilla.

—No habrá una segunda advertencia, señor Jekyll.

Oí una silla arrastrándose por el suelo, y Henry salió al momento del aula, con los ojos anegados de lágrimas. Sin embargo, se negó a llorar cuando me quitó su mochila y sus libros.

—¿Cómo puedo ayudarte? —le pregunté, apoyándole la mano en el hombro—. Normalmente eres tú el que me ayuda con los estudios, pero si puedo hacer algo para echarte una mano y encarrilarlos de nuevo...

—Me da igual que descarrilen —me contestó, dándose la vuelta—. Y a ellos tampoco les importa.

Fui tras él, pero entonces se detuvo y me dijo:

—Necesito un momento a solas, Gabriel.

Intenté no mostrarme dolido.

—Claro...

Henry echó a andar, con los hombros inclinados hacia delante y la cabeza gacha. No hizo falta que me dijera nada para que me percatara de que estaba disgustado. No lo soportaba.

En ese instante se abrió la puerta del aula y el profesor Kingston apareció ante mí.

—Mi intuición me ha dicho que seguiría por aquí. Me alegro. Entre un momento.

Me condujo hacia el interior del aula y cerró la puerta tras nosotros. Una vez más, no llegó a cerrarse del todo.

Me quedé de espaldas a la puerta, y el profesor Kingston se sentó tras su escritorio.

—Está llevando a cabo un trabajo excepcional, señor Utterson. Es un joven muy inteligente, pero me pregunto si...

No llegó a terminar la frase, sino que dirigió la mirada hacia la ventana abierta.

—¿Qué es lo que se pregunta?

El profesor Kingston me sonrió y juntó las manos sobre el escritorio.

—Se trata de un tema muy delicado, señor Utterson. De hecho, es tan delicado que dudo sobre si entrar en los pormenores, pero... lo compadezco.

Se me formó un nudo en el estómago y una ráfaga de calor me atravesó el cuerpo entero. Esquivé su mirada.

—Su reacción me indica que puede que ande en lo cierto —prosiguió el profesor Kingston—. Deje que sea franco con usted. He visto que el señor Jekyll y usted se apoyan el uno en el otro. Existe cierta camaradería entre ustedes, ¿no es así?

El corazón me golpeaba el pecho. Me aferré a las tiras de la mochila con las palmas sudadas.

—Jekyll es mi amigo —respondí en un susurro.

—¿Su amigo más querido?

No respondí.

—Sir Hastings me ha comentado que a su padre le gustaría que ejerciera la medicina, señor Utterson. Aunque no es el camino que le recomendaría a un joven de su estatus social, un padre está en su derecho de pedir lo que quiera para su hijo. Si quiere honrarlo (si quiere ahorrarle cualquier clase de escándalo) le conviene alejarse del señor Jekyll y centrarse en las clases.

Alcé la vista, y descubrí que el profesor Kingston me miraba con compasión.

—Veo algo en usted que antaño veía en mí —añadió luego, en voz baja—. De no ser por que alguien me habló en privado y me impartió la lección que estoy intentando impartirle a usted, jamás habría obtenido este puesto en esta institución tan prestigiosa. ¿Entiende lo que le estoy diciendo, señor Utterson?

—No… no sé qué es lo que insinúa, pero…

—Esfuércese —me interrumpió el profesor Kingston.

—¿Perdón? —le pregunté.

—Va a tener que mejorar su técnica, porque es evidente que miente. —Soltó un suspiro y se recostó en su silla—. No es tan discreto como debería ser. Dígame que no lo quiere, y consiga que me lo crea.

Sentía que se me constreñía el pecho. No podía hablar.

—Adelante —insistió el profesor Kingston—. Dígalo en alto.

—¿Qué quiere que diga?

—Dígame que los rumores que corren como la pólvora entre sus compañeros no son más que sandeces y que la mera idea de que pueda estar enamorado del señor Jekyll le resulta ofensiva. Si no logra convencerme a mí, no logrará convencer a nadie y verá cómo desaparecen todas sus perspectivas de futuro ante sus ojos. Decepcionará a su padre, a su familia y a todo el que lo conoce. Se convertirá en un paria.

El profesor Kingston se aferraba tan fuerte con las yemas de los dedos al escritorio que parecía que iba a astillar la madera de caoba.

—Adelante, convénzame.

Con manos temblorosas, me tiré del cuello de la camisa.

—No…

—Levante la barbilla —me increpó—. Saque pecho. Dígalo como si lo pensara de verdad.

Pero no podía. Quería a Henry.

El profesor Kingston dejó escapar un suspiro.

—Practique, señor Utterson. Repítalo hasta que se lo crea. Quizás algún día logre convencerse a sí mismo de que lo que dice es cierto, y, ese día, será libre. —Se inclinó hacia delante y me miró a los ojos—. Puede marcharse, señor Utterson.

Di media vuelta y corrí hacia la puerta, pero me encontré con el rostro afligido de Henry, que me observaba a través de la ventana.

—Creía que te habías ido —le dije cuando salí al pasillo.

—Quería… Necesitaba decirte que… —No le salían las palabras, pero luego dejó escapar un suspiro tan hondo que temí que se desplomara—. No puedo seguir con esto.

Sentí un estremecimiento en el corazón.

—Henry, por favor…

Pero él negó con la cabeza.

—Reúnete conmigo en Hyde Park dentro de una hora.

Me acarició el hombro una última vez y se marchó.

7

LA PRIMERA DISCUSIÓN

La niebla se precipitó sobre Hyde Park mientras corría por el sendero que bordeaba la orilla sur del Serpentine. Casi nadie pasaba por allí en días como aquel, cuando la melancolía lo consumía todo. Las hojas de los arces y los fresnos ya se habían tornado de color carmesí y bronce, y destacaban como acuarelas a través de la humedad cenicienta. Henry aún no había llegado, de modo que recorrí ese mismo sendero, que tantos otros habían pisado antes que yo, de un lado a otro hasta que me dolieron los pies, y esperé.

No quería que lo nuestro terminara. Apenas había empezado y, aun así, varios de nuestros compañeros ya habían captado nuestro olor, como si ellos fueran lobos y nosotros carne fresca. Buscaban que se produjera un escándalo. Lo único que habíamos hecho Henry y yo había sido dedicarnos a nuestros asuntos, estudiar juntos y pasear por el parque. Podrían habernos dejado en paz. Pero no iban a permitirlo. Y, por si fuera poco, habíamos llamado la atención del profesor Kingston. Sus palabras se repetían en mi mente: *No es tan discreto como debería ser.*

No había intentado disimular lo que sentía por Henry, pero tampoco había presumido de ello. Lo único que quería era vivir.

Los profesores jamás les habían pedido discreción a los chicos de mi curso que se habían dedicado a perseguir a las estudiantes de enfermería por el patio para subirles la falda y acosarlas. No habían parado hasta que las monjas de la rectoría del campus tuvieron que encargarse de acompañarlas a todas las clases. A Samuel y a sus amigos no les pedían modestia cuando soltaban comentarios vulgares sobre las secretarias del colegio; de hecho, los profesores los alentaban porque por sus mentes corrían los mismos pensamientos terribles.

Quizá la presión fuera demasiado para mi querido Henry. En más de una ocasión me había pedido que mantuviera la cabeza gacha, que fuera consciente de quién estaba a nuestro alrededor... A veces me resultaba imposible porque, cuando estaba con él, solo tenía ojos para Henry.

Un crujido llamó mi atención y Henry apareció entre la niebla, como un fantasma.

Dejé escapar un suspiro de alivio.

—Temía que no fueras a venir.

Esperaba que se riera, pero no fue así. Mantuvo la mirada fija en el suelo.

—Necesitaba verte.

Solo de oír esas palabras, sentí un cosquilleo en el estómago.

—Perdona por lo que te dije. Jamás he querido hacerte daño, Gabriel.

Me acerqué a él, despacio, pero Henry dio un paso atrás.

—Por favor —le supliqué—. Por favor, no te alejes. No puedo soportarlo.

Henry juntó las manos por delante del cuerpo y se mordió el labio inferior; era un gesto que hacía cada vez que se enfadaba.

—¿Te has parado a pensar en lo que yo no puedo soportar?

Aguardé a que me mirara a los ojos, pero seguía rehuyéndome la mirada.

—No sé a qué te refieres.

—Sí que lo sabes —contestó, y alzó la vista el tiempo suficiente como para que me diera tiempo a ver el miedo en sus ojos—. Ambos sabemos que lo que estamos haciendo tiene consecuencias catastróficas.

—No estamos haciendo nada.

—Ah, ¿no? ¿Crees que la gente puede pasar por alto lo que sientes por mí?

—¿Me… estás diciendo que tú no sientes lo mismo? —le pregunté, y una angustia terrible se me aferró al pecho.

—Sí que lo siento —contestó, con los dientes apretados y los ojos llorosos—. Y es el origen de mi mayor dolor. ¿Cómo es posible?

Se acercó a mí, pero yo retrocedí contra un árbol hasta que Henry apoyó el pecho contra mí. La niebla densa nos envolvía. Henry pegó sus labios a los míos e inhalé su aliento y sentí su corazón desbocado bajo mi pulso acelerado. Henry apoyó la frente en la mía y noté su aliento cálido en el rostro.

—Hay una parte de mí que lo único que quiere es esto —murmuró—, que solo te quiere a ti, pero…

—Pero ¿qué? —le pregunté.

Alzó la vista y observó al sendero, anegado de inseguridad. Una tristeza absoluta le cruzó el rostro.

—Pero no sé cómo hacerlo. El profesor Kingston ya sospecha de nosotros. He oído lo que te ha dicho, y lo odio, pero tiene razón. Los demás chicos del curso ya se han dado cuenta. Mi padre cree que ese es otro de los motivos por el que lo despidió sir Hastings.

—¿Por nosotros?

—Pero ya da igual. Mi padre me ha ofrecido la oportunidad de redimirme.

—¿De redimirte de qué? ¡Si no has hecho nada malo!

Henry dio un paso atrás.

—Mi madre ha ordenado que vayan a recoger mis cosas a la casa de huéspedes.

La cabeza me daba vueltas. El miedo amenazaba con apoderarse de mí.

—No… no lo entiendo.

—Ya lo entenderás —contestó Henry, con una voz distante y carente de emoción—. O puede que no. Pero confía en mí cuando te digo que esto es lo mejor. Están ocurriendo cosas que quizá logren que esto nos resulte más fácil a ambos. Podemos liberarnos de esta carga.

Apenas podía pensar con lógica.

—Henry, ¿qué es lo que no me estás contando?

Apretó los labios y sacudió la cabeza.

—¿Cómo puedes no sentir este peso? ¿Cómo puedes mirarme de ese modo y no sentir vergüenza?

Se me formó un nudo en la garganta.

—Siento muchas cosas maravillosas cuando te miro, Henry, pero no siento vergüenza.

Aquello no era del todo cierto. Sí que la sentía, pero solo porque mucha gente a lo largo de mi vida me había dicho que debía sentirla.

—¿Cómo es posible? —insistió Henry—. ¿Es que no te das cuenta de cómo nos miran y hablan entre susurros?

—Claro que me doy cuenta —respondí—, aunque ojalá no lo hiciera.

Su respiración se convirtió en sollozos. Parecía estar costándole un gran esfuerzo no romper a llorar ni ponerse a gritar. Lo mantenía todo guardado en su interior.

—Entonces estarás de acuerdo en que no puedo… en que no podemos seguir así, ¿no?

—Lo estoy, pero no en el sentido en que tú crees —le contesté, escogiendo cada una de mis palabras con el mayor cuidado posible porque temía que se alejara corriendo en cualquier momento—. No podemos seguir así, preocupándonos todo el tiempo por lo que piensen los demás y olvidando lo que de verdad importa. —Lo agarré de la pechera del abrigo—. Henry, tú y yo somos lo que de verdad importa. Lo único que importa.

—¿Y cómo nos escondemos de la gente que nos juzgará? —me preguntó.

—No podemos. —Lo tomé de la mano y entrelacé mis dedos con los suyos—. Aun así, nos merecemos vivir, Henry. Nos merecemos una oportunidad de ser felices.

Pero entonces Henry se apartó de mí.

—Olvida todo lo que te he dicho. No... no puedo hacerlo.

Sentí que se me quebraba el corazón.

—No te vayas, por favor —le supliqué, y sentí que las palabras se me quedaban atascadas en la garganta seca.

Di un paso hacia él.

—No —me advirtió, y se dio la vuelta—. No, por favor.

Y entonces se alejó de mí.

Todos los meses que habíamos pasado en compañía del otro, todas las palabras que habíamos escrito en cartas y que habíamos pronunciado entre la niebla, cuando nadie nos veía...

Me fallaron las rodillas, caí al suelo y me quedé allí mucho tiempo, hasta que la niebla se tragó la silueta de Henry.

Volví a la casa de huéspedes sumido en un mar de aturdimiento. Cuando llegué, fui directo al cuarto de Henry, pero me lo encontré vacío. Ya habían ido a buscar sus cosas. La señorita Laurie me informó de que habían pagado la factura y que no le habían indicado que fuera a volver en algún momento.

Me quedé sentado en silencio en mi cuarto durante horas, sin saber muy bien qué hacer; como aturdido. Quizás aún estuviera a tiempo de convencer a Henry de que podíamos hallar el modo de seguir adelante sin sufrir tanto. Apenas soportaba la idea de no verlo a diario, de no poder sentarnos juntos al lado de la chimenea mientras nos reíamos de mi espantosa caligrafía y de lo mal que se me daba la aritmética. La desesperación me invadió, de modo que salí como pude de mi cuarto y bajé las escaleras. Salí corriendo de la casa de huéspedes y fui directo a Leicester Square.

Los faroleros estaban en mitad de la ronda cuando llegué a la puerta de Henry. El resplandor naranja de las farolas formaba círculos perfectos que contenían las sombras bajo el suelo de cada poste. Llamé al timbre y, cuando no contestó nadie, llamé a la puerta. Aun cuando los vecinos se retiraron al interior de sus casas para pasar la noche, me quedé sentado ante la puerta porque no era capaz de marcharme sin haber podido hablar con él.

La calle fue sumiéndose en un silencio inquietante a medida que anochecía. En el callejón que había justo al lado de la residencia de los Jekyll, se abrió la puerta trasera de la vivienda. Me quedé inmóvil y aguardé a que alguien emergiera de ella. Oí unos pasos pesados y vacilantes sobre el suelo mojado. Contuve la respiración y traté de atisbar algo entre las sombras. Una punzada de aprehensión me recorrió el cuerpo entero; las piernas no dejaban de temblarme.

—¿Hola? —grité hacia la noche oscura y húmeda.

La niebla se agitó y algo se movió en ella: una sombra que proyectaba alguien desde el callejón. Oí un ruido: una inhalación y una exhalación. Alguien que respiraba.

El corazón me golpeó las costillas. Bajé los escalones de la entrada y torcí la cabeza. Había una figura apoyada contra la pared de ladrillo.

—¿Quién anda ahí? —pregunté.

Oí que tomaba aire con fuerza y luego una vibración leve, como si tuviera un gruñido atrapado en el pecho.

La puerta principal de los Jekyll se abrió de golpe. Pegué un grito y retrocedí cuando la luz cálida se derramó sobre la calle.

—¿Utterson? —me preguntó el doctor Jekyll. Después echó un ojo hacia el callejón—. ¿Qué haces aquí?

Volví a mirar hacia el callejón, pero lo encontré vacío. La figura había desaparecido. Recobré la compostura, convencido de que la angustia que sentía por Henry provocaba que mi mente me jugara malas pasadas, y me quité la gorra.

—Buenas noches, señor Jekyll —lo saludé.

Y, de repente, me di cuenta de que no tenía ningún plan, que no me había preparado ninguna respuesta, que había llegado hasta allí guiado por el miedo y el pánico.

—Henry no está en casa —me dijo el doctor Jekyll, como si pudiera leerme la mente—. Lo han expulsado y no lo lleva demasiado bien. Pasará fuera una temporada para recuperarse.

—¿Cómo que lo han expulsado? ¿Cuándo?

El doctor Jekyll me observó a través de sus gafas redondas.

—Con lo íntimos que os habéis vuelto Henry y tú, me sorprende que no fuera directo a contártelo. Ha ocurrido hoy mismo y, aun así… —No llegó a terminar la frase—. Quizá no tengáis una relación tan íntima como creía.

Me agarré a la barandilla para tener algo en lo que apoyarme.

—Creo que será mejor que le dejes a Henry un tiempo para que se aclare las ideas —me dijo entonces el doctor Jekyll—. Te aseguro que vuestra amistad es muy importante para él y que está haciendo todo lo que puede para preservarla, pero tendrás que dejarle algo de tiempo.

Lo que decía no tenía ningún sentido para mí.

—Lo siento, señor, pero ¿a qué se refiere con lo de preservar nuestra amistad? No lo entiendo…

—¿Quieres seguir siendo amigo de Henry?

Asentí. Pues claro que quería. Quería que fuéramos más que amigos.

—¿Y no crees que eso es lo más importante? ¿Que podáis mantener vuestra amistad sin ninguna clase de… complicaciones?

Seguía sin comprenderlo del todo, pero el doctor Jekyll descendió los escalones y me puso una mano en el hombro.

—¡Pues claro! —respondió él mismo con tono jovial, casi eufórico. Jamás lo había visto tan entusiasmado—. Es lo más importante de todo. Harías bien en recordarlo. Vete a casa, Utterson. Henry acudirá a ti cuando esté listo, y entonces celebraremos un nuevo comienzo juntos.

—No lo entiendo —contesté.

El doctor Jekyll me sonrió, pero no añadió palabra alguna y, después, regresó al interior de la casa. Apagó la luz y el porche quedó sumido en sombras.

Ahora comprendía el porqué del enfado de Henry. No entendía por qué no me había contado que lo habían expulsado, pero ahora que lo sabía, confiaba en que acabara contándomelo a su debido tiempo.

La angustia creciente que había sentido hasta entonces se desvaneció durante un tiempo y, entonces, me di cuenta de que me había saltado el toque de queda de la señorita Laurie y de que tenía que apresurarme para volver a la casa de huéspedes de inmediato. Antes de abandonar Leicester Square, volví a echar un vistazo hacia el callejón.

Durante un instante, me pareció ver a alguien allí de pie. Sin embargo, cuando la niebla se retiró, no vi nada.

—Saltarse el toque de queda es motivo más que suficiente para poner fin a nuestro acuerdo —me regañó
la señorita Laurie cuando entré por la puerta de la
casa de huéspedes—. Sin embargo, en esta ocasión
haré la vista gorda porque estoy segura de que debe
de haberse tratado de un descuido por su parte, sobre todo teniendo en cuenta su maravilloso buen juicio.

Miró a su alrededor, a los otros huéspedes que habían aparecido por el salón, convencidos de que iban a
encontrarse con todo un espectáculo. No obstante, la señorita Laurie no parecía dispuesta para echarme a la calle
en ese preciso instante.

—¡A los demás ni se les ocurra! —gritó entonces—.
¡O estarán de patitas en la calle en lo que dura un parpa-
deo! —Me guiñó un ojo—. ¿Quiere cenar, querido? Está
todo en la mesa.

—No sé si me entra nada —respondí, y no mentía.

—Bueno, pues entonces váyase a la cama. —Se metió la mano en el bolsillo del delantal y sacó una carta
sellada—. Me la dejó Henry, y me dijo que solo podía
abrirla usted —añadió, chasqueando la lengua tras los
dientes—. No me gustaron las pintas que llevaba. Ni un
pelo.

Cuando se marchó arrastrando los pies, corrí hasta
mi cuarto y abrí el sobre desgarrándolo.

Mi queridísimo Gabriel:

Lamento todo lo que has tenido que soportar por mí. Conociéndote, sé que insistirás en que nada de lo que ha ocurrido es culpa mía, pero, muy en el fondo, sabes que sí lo es.

No puedo despedirme en persona. Han ocurrido sucesos que no pueden deshacerse, pero te escribiré en cuanto pueda. Los meses de verano serán largos, pero quiero creer que serán una especie de prueba. Si logro superarla, sé qué ambos estaremos mejor.

Me dijiste que nos merecemos vivir, Gabriel, y tienes razón. Nos lo merecemos. De modo que voy a asegurarme de que podamos hacerlo. Siento que contigo no hay nada que no pueda hacer. De modo que me embarco hacia esta tarea imposible con la esperanza de que el vínculo que nos une sobreviva a ella. Confía en mí.

En otro orden de cosas, creo que deberías volver a centrarte en el Derecho. Ya hemos visto lo que piensa Hastings de nosotros. Ve y persigue tus sueños.

Siempre tuyo,
Henry

Me apreté la carta contra el pecho, y fue como si estuviera abrazando a Henry. Sus palabras en el parque habían sonado a despedida; sin embargo, esta carta me ofrecía esperanzas de que esto no fuera un adiós para siempre.

Supe que debía quemar la carta, pero no pude. La guardé bajó el colchón y me sumí en un sueño agitado durante el que no soñé.

Cuando me desperté, tan solo podía pensar en las palabras de Henry. Él sabía mejor que nadie que lo que de verdad ansiaba mi corazón (aparte de a él) era estudiar Derecho. Del mismo modo, también sabía que mi padre estaba empecinado en que fuera médico. Me imaginé teniendo que soportar los comentarios de sir Hastings, teniendo que enfrentarme a las miradas acusatorias del profesor Kingston y, solo de pensarlo, se apoderó de mí una rabia intensísima que no había sentido en toda mi vida.

Estaba decidido a tomar las decisiones que más me convenían, igual que estaba haciendo mi querido y valiente Henry en ese momento. Él se había marchado para que tuviéramos una oportunidad. No tenía muy claro cómo iba a conseguirlo, pero me había pedido que confiara en él, así que eso hice. Ahora tenía que cumplir con mi parte.

Me vestí, comí algo y me dirigí hacia el campus, decidido a informar a sir Hastings de que no iba a asistir al Colegio de Medicina de Londres ni un solo día más.

Cuando llegué a su despacho, su secretaria me sonrió.

—Sir Hastings lo estaba esperando —me informó.

La miré confundido.

—Ah, ¿sí?

La mujer asintió y me señaló las pesadas puertas dobles que conducían al despacho. Al abrirlas, no solo me encontré con sir Hastings, sino también con el profesor Kingston y otro hombre al que había visto por el campus pero cuyo nombre desconocía.

—Ah, señor Utterson —me saludó sir Hastings—. Pase y siéntese. Tenemos mucho que hablar.

Sir Hastings se hallaba tras su escritorio y el profesor Kingston estaba sentado en un sillón orejero, en una esquina. El tercer hombre se encontraba de pie junto a la chimenea y ni siquiera alzó la mirada cuando me senté.

—Hemos expulsado a su querido amigo Henry Jekyll —me informó sir Hastings.

Asentí y se me pusieron los pelos de punta. Corría peligro, y todo mi cuerpo era consciente de ello.

—Violó el código moral del colegio —intervino el profesor Kingston.

Tuve que contenerme para no reírme en la cara de todos aquellos hombres. No me había leído el reglamento del colegio en lo que a la moralidad se refiere, pero estaba convencido de que los tres lo habían violado de alguna manera.

Sir Hastings me miró con los ojos entrecerrados.

—Y, por lo visto, señor Utterson, usted fue su cómplice.

—¿Cómplice de qué? —respondí.

Sir Hastings y el profesor Kingston intercambiaron una mirada.

—Vamos a tener que expulsarlo —me dijo sir Hastings—. Su padre tendrá que pagar una sanción por su… indiscreción. Y a usted se le prohibirá poner un pie en este campus.

Me aferré a los reposabrazos hasta que me dolieron las manos.

—Pero no es justo. —No quería quedarme allí, pero quería irme por mi propio pie. Y, como es evidente, no quería que mi padre tuviera que pagar ninguna sanción—. Puedo pagar la sanción yo mismo si me dejan tiempo para que encuentre un trabajo. No le impongan esta carga a mi padre.

—Qué noble por su parte —comentó el hombre que se hallaba junto a la chimenea, que se dio la vuelta, se acercó a nosotros y tomó asiento en la silla que quedaba libre a mi lado. Olía a tabaco y a alcohol—. Soy sir Danvers Carew. Poseo y dirijo un bufete aquí en los terrenos que se dedica al derecho médico.

Me daba igual.

—Parece que está en un aprieto —prosiguió sir Danvers—. Por suerte para usted, creo que podría echarle una mano.

Alcé la vista hacia él, pero sir Danvers tenía la mirada fija en sir Hastings.

—Afirma que es inteligente, ¿no?

Sir Hastings asintió.

—Sí, sí. Lo cierto es que es una lástima que haya tanto talento atrapado en un aspecto tan desafortunado.

A los tres se les escapó la risa. Hablaban de mí como si no estuviera presente.

—¿Y qué hay de su padre? —preguntó sir Carew—. ¿Está muy pendiente de él? Ya saben que no me gusta que me molesten mientras trabajo. No quiero que la familia se inmiscuya.

—Vive lejos de Londres, y no se encuentra en posición de negarse a cualquier solicitud que quiera hacerle, sir Carew —le aseguró sir Hastings.

—Me lo llevo entonces —respondió sir Carew—, pero muéstrele la cortesía de permitir que se desmatricule. Una expulsión en su expediente podría causarme muchos daños si alguien comenzara a investigar su pasado. No puedo permitir que me perjudique de ningún modo.

—Desde luego —coincidió sir Hastings—. Eres un santo, Danvers. Te lo digo de veras.

Sir Carew sonrió y todos volvieron a reír entre dientes.

—¿Y yo no tengo voz ni voto en este asunto? —pregunté.

Los tres se quedaron completamente callados.

Sir Carew se volvió hacia mí y me dijo:

—Dígame, ¿qué le gustaría decir si se le concediera la oportunidad? ¿Se quejaría? —preguntó riéndose—. Lo estoy salvando de una vida de vergüenza. Debería mostrarse agradecido. Sir Hastings está en su derecho de expulsarlo directamente. —Entonces estiró la mano y la apoyó en mi rodilla—. Pero no. Será mi asistente y se mostrará agradecido.

Mientras el profesor Kingston servía tres copas de brandi para celebrarlo, sir Hastings se inclinó hacia mí desde el otro lado del escritorio y me dijo:

—Estoy seguro de que le irá muy bien bajo la tutela de sir Carew. Ha logrado ayudar a un gran número de alumnos desafortunados como usted.

Sir Carew asintió con la cabeza. Esta oportunidad me permitiría aprender los entresijos del derecho y evitar la expulsión.

Pero el modo en que sir Carew me había hablado, agarrándome la rodilla… Me sentía como si aquel hombre me hubiera comprado… Se me había formado un nudo espantoso en la garganta.

PRESENTE

8

1885

Mi queridísimo Henry:

Rezo por que esta carta te encuentre sano y salvo.
Por favor, escríbeme y dime que estás bien. Le pedí a
mi primo Enfield que averiguara dónde te estabas
alojando. Sé que tu padre prefiere mantenerte bajo su
tutela, pero hay habitaciones libres en la casa de
huéspedes de la señorita Laurie, por si quieres un
sitio en el que puedas estar... solo.

Sin embargo, esta mañana, cuando he recibido la
respuesta de Enfield, me he sentido decepcionado.
Esperaba que volvieras a la casa de huéspedes. Espero
que tu ausencia no se deba a todo lo que no nos
dijimos. Los meses que hemos pasado separados han
sido largos y me han permitido reflexionar sobre

nuestro último encuentro. No obstante, he de confesar
que, cada vez que intento recordar lo que nos
dijimos, lo único que veo es tu sonrisa.

Volveré a Londres dentro de dos semanas. Te
encontraré y le pondremos remedio a la situación.
Confía en mí, mi queridísimo Henry. Creen que
saben nuestra historia, pero te aseguro que no es así.

Siempre tuyo,
Gabriel

Tras los terribles sucesos de otoño, mi padre me obligó a volver directo a casa y, durante el invierno y la primavera, no dejó de repetirme lo importante que era esta nueva oportunidad que se me concedía. Empezaría a trabajar para sir Carew en marzo y, cuando llegó el momento de regresar a Londres, no fui capaz de dejar de lado aquella terrible sensación de espanto.

Sir Carew le envió un contrato a mi padre para que se comprometiera a pagarle una indemnización en el caso de no quedara satisfecho con mis servicios. Envió paquetes llenos de notas con instrucciones detalladas sobre las tareas que llevaría a cabo. Dejó muy claro que debía acudir al despacho dispuesto a complacer todos sus caprichos. Mi padre fue incapaz de ver la prepotencia con la que me trataba sir Carew. Además, estaba convencido de que, si sonreía lo suficiente y respondía «sí, señor» en el momento adecuado a las personas adecuadas, quizá pudiera aprovechar la oportunidad y convencerme a mí mismo de que, en realidad, sir Carew me respetaba.

Mi padre estaba seguro de una cosa: mi éxito dependía de los pensamientos y los sentimientos de los demás, de modo que debía ir en pos de su respeto como un perro que corre tras su cola, aunque con ello tan solo consiguiera volver a la posición que ocupaba antes. No dejaba de repetirme que debía mostrarme agradecido de que sir Carew me hubiera abierto las puertas de su bufete y me hubiera permitido trabajar como asistente.

Una leve neblina cubrió las ventanillas del tren cuando se detuvo en la estación de Euston. Cuando sonó el silbato y los pasajeros se pusieron en marcha, recogieron el equipaje y se prepararon para bajar del tren. Doblé y guardé en el bolsillo interior de la chaqueta una carta que había estado sosteniendo en la mano. No la había leído porque era un cobarde. Hacía dos semanas que le había escrito a Henry, y su respuesta había llegado hacía tan solo un día.

Volví a sacar la carta, la sostuve en la mano y me la guardé de nuevo. Aún no había tenido ni la ocasión ni la valentía de abrirla. Sus últimas cartas habían adquirido un tono cada vez más sombrío. Ni siquiera me atrevía a imaginar lo que eso significaba para ambos.

El silbato del tren volvió a sonar y esa vez lo hizo con mayor urgencia, de modo que atravesó todos mis pensamientos. Agarré la bolsa del portaequipajes superior y esperé a que salieran los pasajeros de primera clase.

Un golpecito en la ventana llamó mi atención. Mi primo Enfield se había aferrado al vagón y apretaba la nariz contra el cristal. Una mujer con el rostro enrojecido y expresión furiosa que llevaba un sombrero cargado de plumas y lazos (y que más bien parecía un nido de pájaros) lo fulminó con la mirada al bajar del tren. Sin poder parar de reír, le hice un gesto a Enfield para que se bajara. Cuando al fin salí del tren, Enfield me agarró de la cintura y estuvo a punto de levantarme del suelo mientras me sacaba todo el aire de los pulmones.

—¡Primo! —exclamó con una sonrisa de oreja a oreja—. Me han echado dos veces del andén mientras te esperaba.

Me dejó en el suelo y se quedó mirándome. Enfield tenía un año más que yo y me sacaba una cabeza. Hacía un mes que había llegado a la ciudad, y me alegraba tener a alguien de la familia cerca. Enfield era, y siempre había sido, una de las pocas personas que sabían todo lo que había que saber sobre mí y que, además, no me juzgaba.

—¿Solo te has traído una bolsa? —me preguntó.

Asentí, y él me dio una palmadita en el hombro.

—Tengo ropa de sobra —me dijo—. Puedes ponerte lo que quieras.

Permanecimos en silencio, no hacían falta las palabras. Mi familia era tan adinerada como se nos permitía, pero, con el dinero que le habíamos tenido que dar a sir Carew, apenas nos quedaba para vivir y, desde luego, no teníamos suficiente para comprarme ropa con la que ir al despacho. Me había ofrecido una oportunidad, sí, pero tenía un precio. Sacudí la cabeza y me reajusté la bolsa al hombro.

Tenía tres mudas de ropa que tendría que lavar y planchar con meticulosidad mientras iba pasando de una a otra. A Enfield no le iban mejor las cosas en la ciudad, pero su madre (mi tía Clara) era costurera y se las apañaba con casi cualquier cosa cuando hacía falta.

Enfield me quitó la bolsa, se la enganchó a la espalda y me pasó el brazo por encima de los hombros.

—Vámonos antes de que vuelvan a echarnos.

Salimos de la estación, pasamos bajo el arco de Euston, una oda a la arquitectura romana, y nos adentramos en las calles ajetreadas. El aire del atardecer estaba sumido en una niebla gris tiznada de hollín. El olor de la comida, del humo del carbón y de las boñigas de caballo me asaltaban con cada brisa. Siempre tardaba varios días en acostumbrarme. Había pasado tres meses lejos de la ciudad y, aunque en general disfrutaba del ajetreo de la ciudad, un ramalazo de nostalgia por el aire puro del campo me atravesó el pecho. Aquella nostalgia me recordó otra.

—¿Has averiguado algo más sobre Henry? —le pregunté a mi primo.

Enfield negó con la cabeza.

—Solo que aún no ha llegado a ningún acuerdo con la casa de huéspedes. Aunque tampoco es que le haga falta, ¿no?

No. No necesitaba hospedarse allí. Su familia siempre había sido lo bastante adinerada como para que pudiera quedarse en su finca de Leicester Square. Sin embargo, en el pasado, Henry había decidido alojarse en la casa de huéspedes para estar cerca de mí. Una náusea me recorrió el cuerpo entero al recordar sus últimas cartas.

—Podemos dejar mis cosas y pasarnos por Leicester Square.

Enfield me observó con atención.

—¿No quieres descansar o comer algo?

—No. Quiero encontrar a Henry.

Enfield dejó escapar un suspiro y se encogió de hombros. Luego me dio una buena palmada en la espalda.

—Como quieras. Veo que ya has tomado una decisión.

Enfield me relató su última iniciativa empresarial: había juntado a unos cuantos amigos, se habían apropiado de un tramo entero de la calle St. Anne y se dedicaban a limpiar la basura y los excrementos para que los ricos no se ensuciaran los zapatos. Enfield estaba de lo más orgulloso, y yo iba a felicitarlo, pero entonces llegamos a Leicester Square y se me fue el santo al cielo.

La residencia de los Jekyll se hallaba sumida en penumbras, como una bestia dormida. Un grupo de niños jugaba en la calle; una niña de unos siete u ocho años le daba la lata a sus hermanos para que la dejaran batear una pelota de tela harapienta. Al final accedieron a regañadientes y, de un solo golpe, la arrojó al otro extremo de la calle. Al momento, los chicos comenzaron a discutir entre ellos para que formara parte de su equipo, y la niña, que llevaba el pelo oscuro trenzado como si fuera una corona en lo alto de la cabeza y tenía varios raspones que acababan de curársele en las rodillas, sonrió con gesto triunfal.

Mientras los niños gritaban y chillaban, oí un ruido en la calle estrecha. Miré a ambos lados, esperando encontrar un carruaje o unos caballos, pero solo me topé con una niebla que descendía lentamente y los gritos y las risas continuados de los niños. El sonido se intensificó, como un trueno lejano. Al principio fui el único que lo oyó, pero, al poco tiempo, los niños, Enfield y yo dirigimos la atención hacia la calle. El ruido fue acercándose hasta que al final logré identificarlo: eran pasos.

Alguien corría.

Un hombre apareció de entre la oscuridad, jadeando. Entró corriendo en la calle sin, por lo visto, fijarse en los niños, que estaban a su paso. El hombre, que tenía los ojos muy abiertos y la mirada frenética, tropezó con ellos. Chocó con la niña del pelo oscuro, y ambos cayeron en un lío de brazos y piernas. Se escuchó un fuerte crujido que atravesó el aire: el sonido de un hueso al salirse de su sitio. Los gritos desesperados de la niña me indicaron que era ella, y no el hombre, la que había resultado herida.

Sus hermanos la rodearon mientras el hombre se ponía en pie, tenso, listo para echar a correr.

Enfield lo agarró de la muñeca.

—¡Mire lo que ha hecho! —le gritó—. ¿Y ahora quiere huir?

Un trío de hombres emergió del callejón: un hombre bajito y calvo que llevaba una gorra, un hombre más alto y larguirucho que llevaba un abrigo oscuro y unos pantalones harapientos, y un tercer hombre corpulento y fuerte, con tirabuzones rubios y unas cejas tan pálidas que parecían inexistentes.

Varios vecinos salieron a la calle y se unieron a aquel alboroto. Los hombres que habían salido del callejón señalaron y gritaron mientras miraban alocados de un lado a otro. Entonces vieron al hombre, el mismo que había herido a la niña. El grupo se abalanzó sobre él como una jauría de perros salvajes lista para matar. Lo agarraron del cuello de la chaqueta y comenzaron a sacudirlo de un lado a otro entre los tres. Parecían estar a punto de arrancarle las extremidades una a una. La ira de su mirada revelaba que aquello se trataba de algo personal, lo cual me resultó irracional. Era evidente que lo que acababa de ocurrir no era más que un accidente. Sin embargo, lo perseguían con una intensidad digna de un criminal.

Corrí hacia la niña para comprobar si podía hacerme cargo de la herida.

Una mujer que llevaba un vestido largo y un delantal atado a la cintura salió de una casa cercana y se arrodilló a su lado.

—¡Dios santo! ¿Qué ha ocurrido? ¿Quién es el responsable?

Miré al hombre al que los demás trataban de contener. No se resistía, tan solo observaba la escena sumido en la desdicha y el terror. Al verlo me había parecido un anciano porque tenía el pelo tan blanco que era casi translúcido. Sin embargo, al observarlo con mayor detenimiento, vi que no tenía una sola arruga en el rostro y que tampoco llevaba barba. Ni siquiera un poco de sombra. Era joven, lo cual hacía que el color de su pelo resultara aún más extraño. Volví a centrarme en la niña. Toda su familia se había reunido en la calle.

Tenía la pierna torcida en un ángulo imposible y gritó en cuanto le palpé la rodilla. Mi época como estudiante en el Colegio de Medicina de Londres había llegado a su fin, pero había aprendido lo suficiente como para reconocer una articulación dislocada cuando la tenía delante. También había aprendido unas cuantas cosas de mi madre, que a menudo solía recolocarse los huesos en su sitio después de mantener discusiones con mi padre en las que se intercambiaban algo más que palabras violentas.

—Se le ha dislocado la rodilla —dije entonces—. Puedo recolocársela, pero necesito que la sujete porque puede dolerle bastante.

Un anciano salió de una casa, vio la pierna de la niña y apoyó las manos en las rodillas al tiempo que el color le abandonaba el rostro. Parecía que iba a vomitar sobre el suelo de adoquines en cualquier momento.

—Mi pobre niña —graznó.

La mujer del delantal, que por lo visto era la madre de la niña, puso los ojos en blanco y se remangó. Agarró a la niña de los brazos y se tumbó encima de ella para inmovilizarla contra los adoquines mojados.

—Ayúdela —me ordenó—. Yo la sujeto.

Agarré la pantorrilla de la niña, ejercí presión en la cara exterior de la articulación y tiré con fuerza. El hueso encajó en su sitio. La niña no profirió grito alguno, pero se le pusieron los ojos en blanco y el cuerpo entero se le quedó lacio. La madre rompió a gritar.

Tomé la mano sudorosa de la niña y le medí el pulso con el leve *tictac* de mi reloj de bolsillo. El pecho diminuto ascendía y descendía, tal y como debía.

—Se pondrá bien —le aseguré a la madre—. Llévesela a casa y véndele la rodilla con fuerza. Prepárele un caldo y póngale un trapo frío en la frente. Llame a un médico en cuanto pueda.

La madre me sonrió y me dio las gracias varias veces. La niña comenzó a agitarse, y sus hermanos se reunieron en torno a ella y se la llevaron a casa. El padre se quedó atrás, observando al hombre que había aplastado a su hija, con un odio tan intenso que casi parecía emanar de su cuerpo en ondas.

—Mire lo que le ha hecho a mi hija —gritó el padre de la niña, hecho una furia—. ¡La ha arrollado y pretendía largarse!

—Ha sido un accidente —se defendió el hombre del pelo blanco, con la voz tenue y temblorosa—. Me estaban...

Pero, antes de que le diera tiempo a concluir la frase, uno de los hombres que lo mantenía sujeto le arreó un puñetazo en la tripa. El hombre del pelo blanco se dobló por la cintura y un hilillo de baba sanguinolenta se le derramó del labio inferior.

—Lo hemos atrapado por usted —gritó el hombre fornido mientras le asestaba un segundo puñetazo en las costillas—. Intentaba huir, pero lo hemos capturado.

Los tres intercambiaron varias miradas, y yo sospechaba que ninguno de ellos tenía un interés real en que aquel hombre rindiera cuentas por la herida de la niña.

—Lo estaban persiguiendo antes de que tropezara con la niña —intervine entonces.

Observé de nuevo al hombre, que intentó levantarse, pero acabó encogiéndose con una mueca de dolor. Tenía el labio partido y el ojo derecho inyectado en sangre, con el párpado rojizo e hinchado.

—¿Qué le ha pasado en el ojo? —le pregunté.

Alzó la vista y me miró; sentí una punzada en el estómago. Aquel hombre estaba muerto de miedo.

—¿Se lo han hecho ustedes? —preguntó Enfield, acusando a los perseguidores al tiempo que observaba las heridas del joven.

El alto cuadró los hombros, se acercó a mi primo y le golpeó el pecho con el dedo.

—No pienso permitir que me interrogue alguien como tú —respondió el hombre—. Harías bien en recordar cuál es tu sitio.

Como si pudiéramos olvidarlo en algún momento. Como si nos permitieran olvidarlo...

Sabíamos muy bien cómo nos miraba la gente, independientemente del trabajo que ejerciéramos o la educación que hubiéramos recibido. Incluso aquel bruto desaliñado que había estado persiguiendo por un callejón a un joven aterrorizado (que olía a alcohol y sudor, y que ni siquiera le había dedicado una mirada de lástima a la niña que había atropellado) se creía mejor que nosotros tan solo porque él era blanco. Su amenaza, sin embargo, no le sentó muy bien a Enfield, que nunca se había cortado un pelo a la hora de expresar cuánto odiaba a los matones.

Mi primo se quitó el abrigo y lo arrojó al suelo. Cuando necesitaba un poco de calderilla, boxeaba para ganar algo de dinero. Mi tía Clara se habría quedado destrozada de haberlo sabido; yo, sin embargo, estaba eufórico.

Enfield fulminó al bruto con la mirada, y este dio un paso atrás y se atusó la chaqueta.

—No tengo ningún problema contigo —dijo el hombre.

—Pues mira la suerte que tienes —respondió Enfield, con un atisbo de sonrisa en los labios.

Mientras mi primo se preparaba, aproveché ese instante para observar mejor al joven. De repente caí en que no debía de ser mucho mayor que yo. Iba afeitado al ras, tenía la piel marrón rojiza y unos ojos inmensos marrones y aterrorizados. Tenía una mata de rizos muy cerrados del color de la nieve recién caída. Era la persona más atractiva (la segunda, si contábamos a mi querido Henry) que había visto en toda mi vida.

—Puedo compensárselo —dijo el joven—. Si me dejan...

—¡Cállate! —gritó uno de los otros hombres, que le asestó un puñetazo en la mejilla.

—¡Paren! —exclamó el padre de la niña, acercándose hacia nosotros—. No podrá decirme cómo piensa responsabilizarse de sus actos si queda hecho un guiñapo ensangrentado. Déjenle tomar aire.

Los otros hombres lo soltaron a regañadientes.

El padre de la niña juntó las manos.

—Ha dicho que podía compensármelo. Siento mucha curiosidad por saber cómo va a hacerlo.

—P-p-puedo pagarle —respondió el joven—. Permítame ir a por mi talonario de cheques y le pagaré.

El padre de la niña le dirigió una mirada cargada de escepticismo, pero el dinero puede ser muy persuasivo y era evidente que aquel señor había reparado en lo mismo que yo: el joven tenía los zapatos pulidos, sus prendas habían pasado por un sastre y el corte de su chaqueta había sido diseñado específicamente para su figura corpulenta. Era un hombre adinerado, y el padre de la niña estaba dispuesto a sacar tajada de aquel detalle.

—¿Y a dónde tiene que ir para buscarlo? —preguntó el padre de la niña.

—Aquí al lado —respondió el joven, señalando una puerta que quedaba cerca de la parte trasera de la finca de los Jekyll—. Por favor, permítame compensárselo.

El padre de la niña asintió, y el joven echó a correr. Contuve el aliento cuando se acercó a la puerta. Debía de tratarse de un error. Aquel joven debía de estar confundido tras su encuentro con los hombres y la niña. Era imposible que pudiera entrar en la residencia de los Jekyll, y mucho menos que lo hiciera a través de la puerta trasera. Sin embargo, y para mi sorpresa, sacó una llave del bolsillo y entró.

—Qué extraño —murmuré.

Reapareció a los pocos instantes, se acercó al padre de la niña y le depositó un cheque en la mano.

—Puede cobrar el cheque en el Standard Bank and Trust. Allí le dirán que no es falso, se lo juro. Lo siento muchísimo —se disculpó el joven, con la voz tomada por las emociones.

Observó la casa en la que vivía la familia de la niña y una sombra le cruzó el rostro. Mientras los tres hombres codiciosos rodearon al padre de la niña, el joven del pelo blanco y ojos oscuros se dio la vuelta y entró corriendo en la casa de los Jekyll.

El padre de la niña bajó la vista hacia el cheque, y el hombre alto del abrigo soltó una risa socarrona.

—Acaban de aprovecharse de usted —dijo el hombre bajito y calvo. Después escupió en el suelo—. Se ha largado, y usted se ha quedado con las manos vacías, necio.

Enfield se abrió paso a codazos y comprobó el cheque. Al verlo, abrió mucho los ojos bajo la penumbra.

—¿Qué pasa? —le pregunté.

El padre de la niña sostenía el cheque como si fuera de cristal. Eché un ojo por encima de su hombro y al instante vi el motivo de la sorpresa en el rostro de mi primo: se trataba de un cheque de cien libras firmado por el mismísimo doctor Jekyll.

El hombre se lo guardó a toda prisa y se alejó de mí, como si temiera que fuera a robarle la compensación. Regresó corriendo a su casa e, incluso desde mitad de la calle, oí el *clic* del cerrojo.

De repente, cuando nos quedamos a solas en la calle con los hombres que habían perseguido a aquel joven, me sentí expuesto. Aunque Enfield era más que capaz de enfrentarse a un oponente, seguían siendo tres contra dos. Aquello no tenía buena pinta. Aun así, no me sacaba de la cabeza la expresión aterrorizada del joven.

—¿Por qué lo estaban persiguiendo? —les pregunté.

Los tres se quedaron mirándome y, entonces, el hombre alto del pelo arenoso dio un paso hacia mí.

—Por nada que te incumba —me respondió, y me dio un empujón en el hombro cuando él y los demás pasaron por mi lado.

Tuve que agarrar a Enfield de la camisa para que no le arreara un puñetazo en la nuca al rubio bajito.

—Deja que se vayan —le susurré.

—No entiendo por qué el padre de Henry ha extendido un cheque con esa suma de dinero —dijo Enfield entonces. Agarró el abrigo del suelo y le limpió el polvo sin apartar la mirada de los hombres—. ¿Lo normal no habría sido que saliera para averiguar qué había pasado?

—Por lo visto, no.

Cuando el grupo de hombres se desvaneció en la oscuridad que lo cubría todo y una densa capa de niebla cubrió la calle como si fuera un manto, alcé la mirada hacia la casa de los Jekyll. Hasta entonces no había habido más que tinieblas en ella, pero se había encendido una luz, y una figura envuelta en sombras pasó ante la ventana de la planta superior.

9

RECUÉRDAME

Lo único que veía cada vez que cerraba los ojos era la pierna torcida de la niña y su expresión desfigurada a causa del dolor. Y, como es evidente, también veía al joven extraño que le había infligido la herida. El terror de su mirada me había dejado preocupado por su seguridad. Lo que le había ocurrido a la niña había sido un terrible accidente, sí, pero los hombres que lo habían perseguido desde el callejón tenían sed de sangre.

También estaba todo el tema de su relación con la familia Jekyll... Con qué facilidad había entrado en la casa para obtener un cheque de una gran suma de dinero, con qué facilidad le habían entregado una llave para que entrara y saliera a su antojo. Henry no me había mencionado a aquel joven en ninguna de nuestras cartas.

Su presencia me inquietaba y despertaba celos en mi interior.

Tras la expulsión, Henry se había convertido en un fantasma. Aún no habíamos tenido ocasión de vernos cara a cara. El doctor Jekyll me había asegurado que Henry acabaría volviendo a mí, pero no había sido así, y yo no dejaba de preguntarme cuánto debía aguardar antes de ir yo mismo en su búsqueda. Tras volver a casa de mi padre, había recibido varias cartas de Henry, cada una más distante e incoherente que la anterior, en las que me hablaba de su trabajo y, en ocasiones, de su madre, pero casi nunca de nosotros. Además nunca respondía a mis preguntas.

Enfield se recostó en una silla de mimbre que la señorita Laurie había colocado en mi cuarto. No le había importado que fuera a trabajar como asistente para sir Carew. Lo detestaba tanto como yo y me informó de que, en el caso de que decidiera dejar de trabajar para él, seguiría teniendo una cama en la que dormir y tres platos de comida caliente al día. Se había convertido en una especie de segunda madre, y yo la quería como si lo fuera.

—No es la primera vez que lo veo —me dijo Enfield—. Me refiero al chico del pelo blanco que arrolló a la niña. Lo he visto varias veces merodeando por Leicester Square. Mi madre está trabajando para una de las familias del barrio: se encarga de remendarles los uniformes del colegio a los niños. He visto a ese chico entrar por la puerta trasera de la residencia de los Jekyll al menos hasta en tres ocasiones.

La finca de los Jekyll era una especie de rectángulo alargado que tenía una puerta trasera, pero yo no tenía muy claro a dónde conducía.

Un nuevo pensamiento me cruzó la mente: aquel joven de mirada asustada, que se había mostrado tan vulnerable en ese terrible instante al darse cuenta de lo que había hecho, entraba y salía de la casa de los Jekyll cuando se le antojaba, lo cual quería decir que mi querido Henry sabía de su existencia y que había decidido ocultármela.

—¿Y por qué utiliza la puerta trasera? —pregunté—. No me imagino al doctor Jekyll permitiendo que un desconocido entre y salga de su casa cuando le plazca.

Enfield se encogió de hombros.

—Es evidente que el doctor Jekyll no lo considera un desconocido, Gabriel. No sé por qué utiliza la puerta trasera, pero sospecho que lo hace porque no quiere que lo vean cruzar la puerta principal.

No entendía qué importancia tenía aquello. ¿Quién era? ¿Qué relación tenía con la familia Jekyll? Una punzada de envidia me atravesó el pecho y le di la espalda a Enfield, pero él ya se había percatado de la cara que se me había puesto.

—¿Estás celoso? Venga ya… —Enfield se puso en pie y me apoyó una mano en el hombro—. Seguro que no es nada. ¿Has hablado con Henry? Creo que solo lo he visto un par de veces durante estas últimas semanas.

—Nos hemos escrito, pero sus cartas se han vuelto muy extrañas. No parece el mismo —añadí, llevándome la mano al bolsillo en el que había guardado la última carta que me había mandado.

Enfield asintió y me dijo:

—Seguro que acabamos encontrando una solución, pero, mientras tanto, deberías olvidarte del tema. No soporto que estés tan mal. ¿Quieres que nos veamos mañana?

—Sí. Tengo intención de ir a ver a Henry para averiguar qué está pasando.

Supuse que acababa de responder a mi propia pregunta: no podía seguir esperando a que Henry viniera a mí. Iría a buscarlo.

—Iré contigo —se ofreció Enfield.

Después de que se marchara, ocupé su asiento. Saqué la carta del bolsillo y la sostuve, sin abrirla, en la palma de la mano para medir su peso. Era algo que hacía con todas las cartas que me mandaba Henry. Las más pesadas hacían que la cabeza me diera vueltas porque en ellas solía hablarme del trabajo que llevaba a cabo con su padre, de su familia o del tiempo que pasaba a solas en el parque. En ellas me preguntaba si algún día podría venirse al campo conmigo, ya que Londres lo agotaba de un modo que no era capaz de expresar.

Sin embargo, la carta que tenía en la mano no pesaba. No sabía lo que era, pero no era más que una sola hoja de papel. Ahora que Henry ya no seguía estudiando en el Colegio de Medicina de Londres, la carta no contendría historias de su día a día. Henry pasaba casi todo el tiempo con su padre, y lo fina que era la carta me inquietaba. Debería haber tenido más que contarme, no menos.

Introduje el dedo bajo la solapa del sobre y lo abrí con el corazón desbocado.

No me saludaba, ni tampoco me dedicaba palabras amables.

Esta será mi última carta. Se acabó.

Lo siento, Gabriel, pero tienes que intentar entenderlo. Mira lo que ha pasado por culpa de lo que siento por ti. A mí me han expulsado, y a mi padre lo han despedido tan solo por querer ayudarme. Además, no podemos negar que ambos nos encontramos en una situación de lo más precaria solo por nuestra mera existencia.

Lo que sé es que no puedo negar esta parte de mí. Vive, respira, de modo que no me queda otra que extirpar aquello que me rompe el corazón. Quizás así hallé el modo de vivir en paz.

Gabriel, en una ocasión me dijiste que nos merecemos vivir, y tienes razón. Te mereces una vida libre de... de este conocimiento. Yo también creía que me la merecía, pero ahora no lo tengo tan claro.

No vengas a mí. No me busques.

Adiós, Gabriel

Sentí en la boca del estómago un dolor que comenzó como unas brasas candentes pero que no tardó en extenderse por todo mi cuerpo como un fuego abrasador. El dolor era insoportable.

Me puse en pie con la respiración agitada y la carta cayó al suelo. Me fallaron las piernas y me dejé caer al suelo sin oponer resistencia. Apoyé las manos en el suelo de madera e intenté que mi mundo no se viniera abajo.

Mi queridísimo Henry. ¿Qué te ha pasado?

Mi intención era ir a casa de Henry en cuanto pudiera. Si lo veía, si hablaba con él, quizá lograra hacerlo entrar en razón. Debía de haber alguna explicación para aquel cambio de parecer. Quizás hubiera algo que lo hiciera dudar, algo nuevo… alguien nuevo. Me dio un vuelco el estómago solo de pensarlo y dudé: ¿debía ir a ver a Henry aun cuando él me había dicho que no lo hiciera? ¿Estaría intentando protegerme de una verdad que me destrozaría?

Se me fue el apetito, así que me salté el desayuno que había preparado la señorita Laurie y fui directo al despacho de sir Carew, que se hallaba en el extremo más alejado del campus del Colegio de Medicina de Londres. Él ya estaba allí y, como era temprano, imaginé que estaríamos solos durante un buen rato hasta que llegaran los primeros clientes, lo cual me tenía con el alma en vilo.

Cuando entré, sir Carew alzó la mirada y me dijo:

—Llegas bastante pronto, Utterson. No te esperaba por aquí hasta dentro de una hora.

—Sí, señor. He pensado que sería mejor que fuera adelantando trabajo.

—Muy bien —respondió—. Muy pero que muy bien.

Me miró de los pies a la cabeza y tuve que aferrarme a las solapas de la chaqueta para no echarme a temblar.

Enseguida ocupé un escritorio que sir Carew había dispuesto para mí y, tal y como me había ordenado, me familiaricé con el modo en que gestionaba su despacho y con las tareas que quería que llevara a cabo.

Mi escritorio estaba alejado del de sir Carew, cara a la pared, y un tabique me medio escondía de él. Sin embargo, allí sentado, sentía sus ojos clavados en mí.

Al momento me puse a verificar las citaciones de los últimos casos de sir Carew y a recopilar sus notas en una carpeta de cuero. Trabajé hasta la primera hora de la tarde, esforzándome por mantener a Henry y las palabras de su carta lejos de mis pensamientos.

—Trabajas muy bien —me felicitó sir Carew, que se había plantado de repente detrás de mí, con las manos sobre mis hombros, haciendo mucha más fuerza de la que era precisa—. Me serás de gran ayuda, Gabriel.

Me mordí el carrillo mientras la tinta de la pluma se acumulaba en el papel que tenía delante, con lo que dejé una mancha que traspasó a las hojas inferiores. Cuando me soltó, sir Carew murmuró algo para sí mismo y regresó a su escritorio. La silla crujió bajo su peso, y su respiración superficial y vacilante me llenó los oídos. Tras un instante, carraspeó, y entonces me giré un poco y me di cuenta de que me estaba observando, como si él fuera un halcón y yo un ratoncito.

—He aceptado varios casos y necesitaré que estés por aquí más tiempo del que habíamos acordado —me dijo de repente—. Estoy seguro de que lo entiendes.

Dudé. No quería pasar más tiempo del absolutamente necesario a solas con él.

—Seguro que tu padre se llevaría una gran decepción si se enterara de que has rechazado esta oportunidad, sobre todo teniendo en cuenta... lo que pasó.

Parecía disfrutar recordándome todo lo que estaba haciendo por mí a la menor oportunidad que se le presentaba. No quería que olvidara que estaba allí solo porque él así lo había permitido. Sabía de sobra que había otros candidatos con los conocimientos necesarios para trabajar en su despacho, pero esa no era la cuestión. La cuestión era si tenían lo que había que tener para soportarlo.

—Sí, señor —respondí apretando los dientes—. Será un honor ayudarlo en todo cuanto pueda.

—¡Espléndido! —exclamó, con un entusiasmo que me revolvió el estómago—. Tus horas extras empiezan esta misma tarde. Vamos a trabajar muy duro.

Me dieron ganas de vomitar.

En ocasiones, a sir Carew le asombraban mis habilidades, mi atención al detalle y mi capacidad innata para
comprender las leyes complejas que regulaban el mundo
de la medicina. Me consideraba un joven negro con un
talento excepcional: una prueba que demostraba las habilidades de los míos. De ser así, entonces él lo era de la
suya, pues era un hombre con un ego desmesurado, avi-
vado por unos privilegios que no se cuestionaba, y que
no se merecía los elogios que le llovían por sus torpes
intentos de mostrarse decoroso. Sir Carew era un bruto,
y no tengo palabras para describir cuánto lo detestaba.

A medida que transcurrieron los días, fui aprendien-
do cada vez más sobre la ley, sobre cómo podía inter-
pretarse y sobre lo flexible que era según el dinero que
poseyeran los clientes de sir Carew. Durante el tiempo
que pasé a solas con él, también comprendí que los
hombres como sir Carew no tienen límites a la hora de
demostrar su depravación.

Una noche, después de que se pusiera el sol, sir Carew me eximió de mis tareas y me dirigí hacia el patio.
El ambiente de la noche era demasiado fresco para aquella época del año y me quemaba los pulmones con cada
inhalación con la que, desesperado, intentaba librarme
del aliento rancio de sir Carew y del humo del tabaco.

Había varios estudiantes por allí, riéndose y bro-
meando entre ellos. Ninguno de mis antiguos compañeros me saludó; salvo uno: Samuel. En cuanto me vio,

vino directo hacia mí por el césped. Me di la vuelta, pero me agarró del codo y me obligó a girarme.

—¡Utterson! —me gritó, como si jamás se hubiera comportado como un imbécil engreído y arrogante. Arqueó las cejas y me dio un golpecito en las costillas—. ¿Cómo te va como asistente? Parece que sir Carew te ha tomado mucho cariño.

Parecía estar insinuando algo con las palabras que había escogido. Me dieron ganas de arrearle un puñetazo en esa cara redondeada y rosada suya.

—¿Dónde está Jekyll? —preguntó Samuel, agarrándome de los hombros—. No lo veo desde que acabó el curso pasado. ¿Seguís siendo igual de… amigos?

—No es asunto tuyo —respondí, librándome de su agarre.

—Puede —me contestó, con gesto pensativo—, pero se me ocurre alguien a quien puede que sí le interese.

—¿Y quién es ese alguien? —le pregunté, fulminándolo con la mirada.

—Ese de ahí.

Samuel alzó la mano y señaló a una figura que se hallaba en el otro extremo del patio, paseando por el borde de la plaza rodeada de árboles, y llevaba el cuello del abrigo levantado hasta las orejas. Atisbé hacia la oscuridad justo cuando la figura pasó junto a una farola.

Sentí que se me paraba el corazón.

Su pelo blanco se veía desde lejos. Era el mismo joven que había arrollado a la niña frente a la casa de Henry.

—Lo llaman Hyde —me informó Samuel—. No sé quién ha averiguado su nombre, sobre todo teniendo en cuenta que no habla con nadie, pero, de vez en cuando, nos lo hemos encontrado merodeando por el campus —me dijo con una sonrisa burlona—. Creo que a él le interesaría mucho saber qué clase de relación tenéis Jekyll y tú.

—¿Y eso por qué?

Samuel entrecerró los ojos y esbozó una sonrisa ladeada.

—Porque va y viene de casa de los Jekyll cuando le place. Siempre entra por la puerta trasera, claro, para hacerlo en secreto. Ve a tu amiguito muchísimo más que tú.

Di un paso hacia el joven del pelo blanco, pero Samuel se movió y se interpuso en mi camino.

—Quítate de en medio —le advertí.

—¿Qué vas a hacer? ¿Perseguirlo? —Se le ensanchó la sonrisa, pero solo para transmitir un desprecio cargado de pesar—. Yo creo que Jekyll y tú ya no tenéis una relación tan íntima como antes. ¿Me equivoco?

Aquello fue la gota que colmó el vaso.

—Me odias desde el primer día que llegué a este campus —le dije enfadado.

Samuel se encogió de hombros.

—No puedo negarlo.

—¿Y aun así has estado vigilándonos a Jekyll y a mí? Pareces saber bastante sobre nuestros asuntos privados —le dije, y, entonces, me incliné hacia él—. ¿A qué se debe, Samuel?

El chico empalideció, y no supe si tenía ganas de pegarme un puñetazo o de salir por patas. Lo aparté de un empujón y regresó con sus amigos. Sin embargo, mientras ellos se reían y hacían bromas a mi costa, su rostro se convirtió en una máscara de desconcierto. Quizás hubiera encontrado un punto débil.

No había ni rastro del joven al que Samuel había llamado Hyde y, antes de que pudiera contenerme, eché a correr hacia el último sitio en el que lo había visto.

Atravesé los edificios para ir más rápido y me metí por el callejón que lindaba con el norte del Colegio de Medicina de Londres. Unos pasos apresurados se alejaban de mí a través de las sombras.

Los callejones eran una maraña de pasadizos estrechos que se extendía por la ciudad como venas por un cuerpo. Seguí corriendo, derrapé al doblar una esquina y me metí en una callejuela aún más estrecha. Al doblar otra esquina, logré ver a Hyde de refilón. Arrastraba los pies y cojeaba como si sufriera alguna clase de dolor. Quizás aún le dolieran las heridas que le habían infligido aquellos terribles hombres del callejón durante el altercado.

Hyde se detuvo de pronto y se giró hacia mí como si supiera que iba a encontrarme allí mismo. Tenía el rostro velado de sombras, y su pelo era una llama intensa blanca en mitad de aquella oscuridad.

—¿Me buscabas, Utterson?

Me conocía.

Intenté recordar si Enfield me había llamado por mi nombre mientras atendíamos a la niña.

Quise responderle, pero, en cuanto su voz se coló en mi mente, fui incapaz de formar ningún pensamiento coherente. Poseía la voz más extraña que había oído en toda mi vida. Sonaba hueca y quebradiza, pero también sonora, como la nota más grave de un piano.

—¿Me conoces? —le pregunté.

Una rabia repentina se apoderó de mí. ¿Le había hablado Henry de mí? ¿Por qué? Henry era incapaz de ser sincero consigo mismo en lo que a nuestros sentimientos respectaba, pero eso no le había impedido hablarle a este chico de mí.

—Sal de entre las sombras y muéstrate —le exigí.

—Podría hacerlo —me respondió—. Pero, qué aburrido sería, ¿no?

Sumidos en el silencio del callejón, los sonidos de la noche de Londres se desvanecieron. Lo único que oía era la respiración pausada de aquel extraño. Cuando me moví a un lado para verlo mejor, me imitó.

Una emoción espantosa me cubrió como si fuera la espesa niebla de Londres. Aquella respiración, aquella presencia amenazante… La conocía. Me sonaba de algo, pero no sabía de qué. Un escalofrío me trepó por la espalda y me llegó hasta la coronilla.

—¿A qué estás jugando? —le pregunté, obligándome a contener la creciente sensación de pánico.

El agua goteaba entre los ladrillos de las paredes del callejón. De repente, algo con patitas se deslizó por mi lado y me rozó el tobillo. Escuché un estruendo y sentí que el corazón estaba punto de salírseme por la boca y, al darme la vuelta, casi me tropecé. Un gato roñoso echó a correr tras el roedor que había pasado por mi lado y volcó varias cajas.

Recobré la compostura y me giré para observar al tal Hyde.

Pero no vi nada entre la penumbra.

Solo podía pensar en su rostro, aunque recordarlo me producía escalofríos. Su presencia entera me ponía los pelos de punta, e intenté averiguar el motivo. Por más que me repateara admitir que Enfield tenía razón, quizás hubiera estado en lo cierto al decir que estaba celoso, pues notaba sus punzadas. Saber que Hyde se estaba viendo con Henry en persona, cuando yo no había podido durante meses, me molestaba.

A la mañana siguiente me vi envuelto en la neblina mientras avanzaba por las calles. Mi aliento surgía en forma de nubes blancas mientras me apretaba el cuello del abrigo contra la piel. Cuando llegué al despacho de sir Carew, mi escritorio ya estaba repleto de notas que organizar y casos que investigar. Me lancé directo a trabajar e intenté ignorar a mi jefe por todos los medios posibles.

La campana que había sobre la puerta del despacho sonó a primera hora de la tarde cuando un hombre alto con gafas que llevaba un traje gris entró portando un maletín arañado. Sir Carew se acercó a él y le estrechó la mano con más fuerza de la que el hombre consideró oportuna, puesto que retiró la mano con brusquedad para librarse de él y, a continuación, dio un paso atrás

—Me alegro de verlo, señor Guest —le dijo sir Carew—. Tiene muy buena cara. Confío en que traiga buenas noticias consigo.

El hombre me observó de reojo y yo volví a centrarme en mis tareas a toda prisa.

—Supongo —respondió, y dejó el maletín y se reajustó las gafas.

Sir Carew se frotó las manos y volvió a su asiento.

—Le aseguro que todo esto es inútil. No me cabe la menor duda de que el señor Hopkins es culpable de haber cometido fraude.

—¿Y cree que un tribunal decidirá el destino de ese hombre basándose solo en que usted lo tiene claro? —preguntó el señor Guest.

Agarré la pluma con fuerza y apreté la mandíbula, a la espera de que sir Carew se abalanzara sobre él. Sin embargo, se limitó a resoplar con fuerza.

—Si fuera así, mi vida sería mucho más fácil —respondió sir Carew.

Giré levemente la cabeza para observar su escritorio por el rabillo del ojo.

—Lo que pasa es que, en esta ocasión, sus sospechas estaban más que fundadas. —El señor Guest sacó varios papeles de su maletín y los dejó sobre el escritorio—. Me dijo que sospechaba que el señor Hopkins había falsificado la firma de su jefe para adueñarse de un cuantioso préstamo personal tras la desgraciada y temprana muerte de este. El señor Hopkins lo niega, como es evidente, y afirma que lo único que hizo fue esperar un poco más de lo habitual para presentar sus documentos en el banco.

—Vaya, qué conveniente —refunfuñó sir Carew.

—Examiné el ángulo de las letras, la presión ejercida con la pluma y la tinta que empleó —explicó el señor Guest, que cada vez alzaba más la voz, como si aquel asunto le resultara de lo más emocionante—. Las firmas son casi idénticas.

Sir Carew se inclinó hacia delante, con los dedos entrelazados bajo la barbilla.

—¿Casi?

El señor Guest estiró la mano y repasó con el dedo los papeles que le había mostrado a sir Carew.

—De no ser por mí, el señor Hopkins se habría salido con la suya. Es muy bueno, pero, por desgracia, es un mentiroso y un timador. Falsificó la firma de su jefe. Como usted mismo ha dicho, no cabe la menor duda de ello.

Sir Carew dio una palmada y, en un instante, se guardó aquellas pruebas nuevas en el escritorio.

—Cuando acabe con él, se pasará veinte años entre rejas. Me encargaré de que su mujer y sus hijos acaben en la indigencia más absoluta.

Me ponía enfermo al ver lo mucho que disfrutaba castigando a las personas. Me di la vuelta e intenté centrarme en el trabajo. Mientras tanto, el señor Guest y sir

Carew se bebieron una copa de brandi y se fumaron un puro para celebrarlo.

Casi una hora después, sir Carew se acercó a mi escritorio y me dijo:

—Utterson. Llévale esta carta a la señorita Prinze, la secretaria del despacho principal del Colegio. Dile que se la entregue a sir Hastings antes de que termine la jornada.

—Sí, señor —respondí cuando me colocó la carta sellada en la mano.

Sir Carew la agarró con fuerza cuando fui a tomarla. Después me dedicó una sonrisa burlona y la soltó.

Agradecí tantísimo tener una excusa para salir del ambiente recargado del despacho y poder alejarme de sir Carew que me marché sin el abrigo. Aun cuando el frío me pellizcó el cuello y las muñecas, decidí no volver a por él, por si acaso a sir Carew se le ocurría alguna otra tarea que llevar a cabo ante su odiosa presencia.

Crucé el patio y me dirigí a la oficina principal, donde encontré a la señorita Prinze ocupada redactando varias cartas tras su escritorio. Cuando alzó la mirada, me fijé en que tenía las gafas en la punta de la nariz.

—Señor Utterson —me saludó con voz amable—. Me alegro de verlo.

—Igualmente. He venido a traerle una carta de parte de sir Carew. Me ha pedido que se asegure de que sir Hastings la reciba antes de que termine la jornada.

Le tendí la carta y, cuando la tomó, también me agarró de la mano. El labio inferior le tembló, como si estuviera a punto de romper a llorar.

—¿Está bien? —le pregunté.

La señorita Prinze negó con la cabeza, observó el despacho vacío, se inclinó hacia mí y me dijo:

—Sir Carew es un hombre espantoso.

Sentí que el corazón me daba un brinco.

—¿Perdone?

La señorita Prinze me agarró tan fuerte de la mano que sentí una punzada de dolor trepándome por la muñeca.

—Sé que trabaja para él. —Bajó la voz aún más y estrechó la mirada hasta tal punto que parecía una persona distinta—. Un abrecartas puede ser un arma de lo más eficaz si lo mantiene en buen estado, señor Utterson. Es afilado.

Aparté la mano.

—No sé qué es lo que me quiere decir, pero le aseguro que…

—Olvide lo que le he dicho —me dijo, y metió la carta en una pila de sobres sellados. Después prosiguió con su trabajo—. Me encargaré de que le llegue la carta.

Me di la vuelta para marcharme, pero me detuve en la puerta.

—Sir Carew posee una colección de abrecartas —comenté.

Nuestras miradas se encontraron. Ella asintió y, durante un instante, no nos hicieron falta las palabras para comprendernos.

Una vez fuera comenzaron a temblarme las piernas. Amenazaban con fallarme en cualquier momento, de modo que tuve que apoyarme en la pared de ladrillo del edificio. Pese al frío que hacía, una fina capa de sudor me cubrió la frente. La señorita Prinze sabía que sir Carew era un hombre espantoso. En sus ojos había visto el mismo terror que veía en los míos cada vez que me miraba en el espejo, algo que desde hacía un tiempo me costaba más y más.

El aire frío de Londres era agradable en comparación al ambiente asfixiante que se respiraba en el despacho de sir Carew y al aliento que expulsaba hacia mi nuca a través de esos dientes podridos cada vez que me ordenaba cualquier cosa. Apoyé la cabeza en la pared y cerré los ojos durante un instante para aclararme las ideas.

Decidí que hacía mucho tiempo que no me pasaba por la parte trasera del patio y que aquel era el momento perfecto para dar una vuelta por allí. Lo que fuera con tal de no tener que pasar más tiempo del absolutamente necesario en aquel despacho.

Seguí el estrecho sendero de roca que conducía a la parte trasera del edificio principal. La hierba comenzaba a extenderse sobre los bordes de las piedras. Era tarde y casi todos los estudiantes y profesores se habían marchado; además, el patio trasero casi siempre estaba vacío a esas horas. Sin embargo, al doblar la esquina, me encontré con alguien que subía por los escalones que provenían del sótano del edificio principal.

Lo vi antes de que él me viera a mí, pero, incluso desde lejos, aun cuando hacía meses que no lo veía, reconocí a Henry con la misma facilidad con la que habría reconocido mi propio reflejo.

Apoyé la espalda contra el edificio. No tenía nada con qué cubrirme ni dónde esconderme (aunque tampoco entendía por qué esa había sido mi primera reacción al verlo). Había soñado con volver a ver el rostro de Henry durante cada segundo que habíamos pasado separados y, ahora que podía llamarlo solo con un grito, no era capaz de pronunciar ni un solo sonido. Las palabras con las que lo habría llamado se me quedaron atascadas en la garganta y amenazaban con asfixiarme mientras observaba su aspecto.

Iba desaliñado. Se le había descosido el dobladillo de los pantalones y la tela se le había deshilachado a la altura de los tobillos. El abrigo que llevaba puesto tenía un agujero en la manga. Iba despeinado y tenía una barba de una semana (cuando antes se afeitaba con cuidado cada dos días) tan densa que le cubría la boca y la parte inferior de la cara.

Henry no alzó la mirada, sino que se concentró en la tarea que tenía entre manos, que por lo visto era subir a rastras un baúl por las escaleras del sótano. Un coche pequeño tirado por un único caballo lo aguardaba en el estrecho camino de entrada de los carruajes. Cuando cargó el baúl en él, se detuvo, alzó la mirada hacia el cielo neblinoso y dejó escapar un suspiro con el que exhaló una nube de vaho blanco.

Me separé del edificio y levanté la mano para saludarlo.

—¡Henry!

El cuerpo entero se le puso rígido. Ladeó la cabeza hacia mí cuando me acerqué, pero no llegó a girarse del todo para mirarme.

Había algo en su comportamiento que me resultaba completamente desconocido. ¿Acaso habíamos pasado tanto tiempo separados que se había convertido en alguien distinto? Durante un instante, temí haber cometido un error. Quizás el chico que tenía delante no era mi Henry.

Se subió el cuello de la chaqueta y se subió a lomos del caballo a toda prisa. Entonces le vi el rostro. Aunque no cabía la menor duda de que era mi Henry, algo terrible le había ocurrido. Estaba distinto, de un modo que ni siquiera puedo describir con precisión. Tenía unas ojeras cavernosas bajo los ojos, antaño luminosos, vacíos y vidriosos, como los de una muñeca. Tenía la piel cenicienta y los labios secos y cuarteados. Jamás lo había visto así.

—Henry —lo llamé, y di un paso cauteloso hacia él—. Henry, esperaba que…

Henry espoleó al caballo, que echó a trotar con un estrépito que hizo que se me desbocara el corazón. El animal vino directo hacia mí, y Henry lo montaba con una mirada frenética de ojos salvajes y aterrorizados. Me aparté de en medio justo cuando pasó a mi lado a toda velocidad. Me tropecé y caí sobre una jardinera repleta de flores muertas y me di en la rodilla con una piedra suelta.

Henry ni siquiera volvió la vista.

Al poco tiempo dejé de oír las pezuñas del caballo porque el sonido de mi propio corazón roto lo ocupaba todo.

Regresé al despacho de sir Carew con la mirada salvaje de Henry grabada a fuego en la memoria. Era como si no me hubiera visto, como si no fuera más que un fantasma para él.

Sir Carew se emborrachó hasta casi perder el conocimiento cuando la tarde llegó a su fin y anocheció. Tomé la chaqueta y salí de allí justo cuando apoyó la cabeza en el escritorio y comenzó a roncar.

El cielo ya se había oscurecido cuando llegué a Leicester Square. El caballo de Henry estaba atado con una cuerda a un poste que había en el callejón. El carruaje estaba al lado, con el baúl que Henry había cargado en él.

Me camuflé entre las sombras del edificio que había justo al otro lado de la calle y aguardé, aún sin saber muy bien qué era lo que estaba esperando. Henry no parecía el mismo de siempre, y necesitaba hablar con él.

Tras casi una hora, cuando ya no sentía las puntas de los dedos por culpa del frío de la noche, vi una luz en el callejón. La puerta trasera de la residencia de los Jekyll se abrió y, de su interior, brotó un resplandor naranja y brumoso. Una sombra emergió al callejón, oí pasos y gruñidos cuando bajaron el baúl del carruaje. El sonido que hizo la madera y el acero al arrastrarse por el suelo atravesó la noche y me puso los pelos de punta.

Salí de mi escondite y, con cautela, crucé la calle. Me pegué a la esquina de la pared, asomé la cabeza conteniendo el aliento, preparado para observar el extraño aspecto de Henry.

Sin embargo, quedé sorprendido al ver de reojo a la persona que estaba en el callejón, porque no era Henry, no, sino Hyde.

Metió el baúl en la casa y cerró la puerta tras él, con lo que el callejón quedó sumido en tinieblas.

Hyde.

El nombre se me quedó grabado en la mente y en la lengua. Siempre estaba con Henry. Con mi Henry, que actuaba como si no me viera aun cuando estaba delante de él.

Jamás me había considerado celoso, pero Henry me estaba evitando y me escribía cartas en las que me decía que no podía verme. Pero, entonces, ¿por qué Hyde podía entrar y salir de su casa cuando le venía en gana? Además, las interacciones que había mantenido con aquel extraño joven habían sido rarísimas. Aquel desaire era más de lo que podía aguantar. Si no podía hallar respuestas directamente de Henry sobre su estado mental y sobre lo que sentía por mí, averiguaría todo lo que pudiera sobre su nuevo y extraño amigo.

No pararía hasta descubrirlo.

10

MI AMIGO LANYON

A la mañana siguiente, me encontré con Lanyon en el patio del hogar de su familia en Cavendish Square. La mansión era tan grande que en ella habrían cabido tres casas de huéspedes como la de la señorita Laurie. Lanyon jamás se había mostrado fanfarrón en cuanto a sus circunstancias económicas, pero, si hubiera hecho lo contrario, no habría podido culparlo.

—¿Gabriel? —me saludó, y dejó a sus hermanas pequeñas jugando a tomar el té para acercarse a la verja de la casa—. ¿Qué haces aquí?

—No quería molestar —respondí.

—Claro que no molestas —me dijo. Abrió la puerta y me hizo un gesto para que entrara—. Perdona, Gabriel. Hace mucho que no viene ningún amigo de visita.

—Porque no tienes —le dijo con una risita la hermana pequeña, una niña a la que apenas se veía tras aquella maraña de faldas con volantes y de tirabuzones peinados a la perfección.

—Gabriel, te presento a Emma —dijo Lanyon, señalando a una niña de unos seis años—. Y esta es Audre.

Los pies de la otra niña colgaban sobre el suelo porque estaba sentada al borde de la silla. No podía tener más de cuatro años.

—¿Quieres tomar el té? —me preguntó Emma—. Mi hermano es un maleducado por no haberte invitado.

Lanyon se rio.

—En mi defensa, he de decir que sois vosotras las que me habéis propuesto este desayuno improvisado. De haberlo sabido, no habría salido al jardín.

Audre se bajó de la silla y me dio la manita.

—¿Se porta mal contigo? Se lo diré a madre.

Me dio unas palmaditas en la mano y tomó asiento de nuevo, al tiempo que Lanyon alzaba las manos en actitud de rendición.

—¿Mis propias hermanas serían capaces de echarme a los leones? —se fingió dolido, negó con la cabeza y se aferró el pecho—. Vamos, Gabriel. Dejemos a estas traidoras con su té.

Las niñas se rieron con disimulo y brindaron con las tacitas. Lanyon, mientras tanto, me condujo hacia un banco en una parte más oculta del jardín, donde unas enredaderas de glicina color lavanda y una celosía de marfil nos protegían de miradas indiscretas.

—Me alegro de que hayas venido —me dijo Lanyon—. Echaba de menos tus cartas, pero ya que estás aquí, bueno...

Pero no llegó a terminar la frase.

Durante el tiempo que había estado fuera, Lanyon me había escrito cartas en las que expresaba lo preocupado que estaba por Henry y por mí. Yo le había asegurado que no había de qué preocuparse, pero ya no era verdad. El tono de nuestras cartas había cambiado de una preocupación cargada de curiosidad a una conversación amistosa, y ya consideraba a Lanyon amigo mío.

—He oído por el campus que ahora trabajas para sir Carew. ¿Por qué no me lo dijiste?

—Si te soy sincero, preferiría olvidarlo.

Lanyon apretó los labios y se pasó la mano por los rizos castaños.

—Entiendo...

—Por eso quería hablar contigo.

—Claro. Dime, ¿cómo puedo ayudarte?

Dejé escapar un suspiro.

—No sé muy bien por dónde empezar. Ya te has enterado de los rumores que corren sobre mí, pero ¿te has enterado de lo que le ha pasado a Henry?

—Sí —contestó Lanyon, entrecerrando los ojos—, pero estoy seguro de que son una... exageración. Dicen que se ha escondido en el laboratorio de su padre.

—Creo que esa parte es verdad —respondí, asintiendo con la cabeza—. ¿Lo has visto?

—¿Hace poco? —Lanyon frunció el ceño—. No. ¿Por?

—Mantuvimos correspondencia durante el verano, pero en su última carta… —Me tragué la tristeza que me trepaba por la garganta—. Las cosas se han complicado entre nosotros. Se niega a verme. Ayer lo vi de casualidad en el campus, lo llamé y actuó como si no me viera. Sé que me oyó. Me quedé en mitad de la calle como un idiota pensando que se pararía, pero casi me mata con el coche de caballos.

Lanyon se quedó boquiabierto.

—No puedes estar hablando en serio… Ni siquiera puedo imaginarme a Henry haciéndote algo así. ¿Estás seguro de que te vio?

Asentí, y Lanyon dejó escapar un suspiro.

—Siempre habéis estado muy unidos —comentó.

Le dediqué una mirada cómplice.

—Y luego está todo este asunto de ese otro chico —proseguí.

—¿Qué otro chico? —preguntó Lanyon.

—Se llama Hyde. Lo he visto ir y venir de casa de Henry a todas horas. Solo me he encontrado un par de veces con él, pero siempre han sido situaciones… extrañas.

—¿A qué te refieres? —preguntó Lanyon.

Me encogí de hombros y me apoyé en el banco.

—No sé explicarlo. Actuaba como si estuviera riéndose de mí.

—¿Y por qué iba a…? —Lanyon se detuvo en seco—. Gabriel, si a Henry le gusta otro alumno…

—No es ningún alumno —respondí—. Bueno, creo que no. Y tampoco creo que Henry y él sean… No… no sé lo que son, pero, de todos modos, ¿por qué me trata así? No he hecho nada salvo… —Tuve que callar para no perder la compostura. Estaba a punto de romper a llorar, así que eché la cabeza hacia atrás—. Lo único que he hecho ha sido apoyarlo en todo momento, y creía que él hacía lo mismo conmigo. Creía que me apoyaría cuando lo necesitara.

Lanyon me apoyó una mano en el hombro.

—Los primeros amores siempre son volubles, amigo mío. Cuando se acaba la parte dulce, siempre dejan un poso de amargura.

Aunque no quisiera creer en lo que decía, Lanyon tenía razón. ¿Era eso lo que nos había pasado? ¿Nos habíamos separado y, por tanto, Henry había pasado página?

Me puse en pie y me metí las manos en los bolsillos.

—No —le dije enfadado—. No, no es verdad. Quiero que sea feliz en cualquier circunstancia. No es eso. Sí, tienen alguna clase de relación, pero aún no sé de qué tipo.

—Vale, Gabriel —dijo Lanyon, agitando la mano frente a él—. Te creo, pero ¿qué vas a hacer?

Me planteé mentirle. El instinto me decía que algo iba terriblemente mal, y no tenía muy claro si debía involucrarlo aún más en mis asuntos. También le di vueltas a qué pensaría Lanyon de mí si averiguaba que pretendía acechar a Henry y al tal Hyde.

Lanyon pareció percibir mis dudas a la hora de elaborar el plan. Se levantó, se puso a mi lado y me apoyó la mano otra vez en el hombro.

—Amigo mío, confía en mí. Planees lo que planees, quiero que sepas que adoro cualquier clase de actividad casi perversa.

—¿Casi perversa? —le pregunté—. No sé si quiero saber a qué te refieres…

Lanyon negó con la cabeza y se rio.

—No es nada tan grave como para que me mires así. En general, me gustan los caballos. Si mi madre se enterara de que me gusta apostar, puede que guardara bajo llave mi talonario.

Se me escapo una risita y le di un apretón en el brazo.

—Pienso averiguar quién es este Hyde, de dónde ha salido y qué clase de relación tienen Henry y él.

—¿Y qué harás cuando lo averigües? —me preguntó Lanyon—. Cuando descubras que Henry ha pasado página, ¿harás lo mismo?

No tenía una respuesta. No me había parado a meditar en aquel futuro tan lejano. Lo único que sabía era que necesitaba respuestas, aun cuando al obtenerlas pudiera descubrir que Henry y yo jamás volveríamos a estar juntos.

11

UN ENFRENTAMIENTO CON EL TAL HYDE

Sir Carew me dobló la carga de trabajo y me mantenía vigilado prácticamente en todo momento. Tardé una semana entera en poner en marcha mi plan, y temí haber perdido mi oportunidad. No sabía si podía detestar a sir Carew aún más de lo que lo detestaba, pero descubrí que, en lo que a él respectaba, mi odio no conocía límites.

Escribí una carta y la mandé a casa de Henry, pero regresó varios días más tarde a la casa de huéspedes de la señorita Laurie sin que la hubieran abierto siquiera.

Una tarde en que sir Carew cayó enfermo y tuvo que meterse en la cama, me liberaron de mis obligaciones, así que aproveché para pasear por las calles que rodeaban

Leicester Square. Vi al doctor Jekyll entrando y saliendo varias veces de su casa, a veces en carruaje y otras a pie. Me di cuenta de que me estaba obsesionando y que quizá mi comportamiento no fuera el más apropiado. Me dije a mí mismo que, si lograba ver a Henry (aunque fuera de refilón), y lo veía riéndose, me marcharía y aceptaría las decisiones que había tomado, aunque a mí se me partiera el corazón.

Cuando al fin vi a Henry salir por la puerta principal de la casa detrás de su padre, envolviéndose el cuello con el abrigo de lana, mi corazón se vio presa de un ritmo furioso. Sin embargo, mi emoción no tardó en convertirse en angustia al comprobar el deplorable estado en el que se encontraba Henry.

Aun con todas las capas de ropa que llevaba, estaba más delgado que nunca. Tenía el rostro macilento y una mirada desconsolada. Tuve que esforzarme por no llamarlo cuando emergí de mi escondite en el callejón. Henry subió al carruaje y desapareció entre el crepúsculo, y yo me quedé solo en la calle, incapaz de respirar.

Para mi deleite, Sir Carew tuvo que guardar cama al día siguiente, de modo que regresé a Leicester Square al anochecer. Varios bancos de niebla se habían posado en las calles y allí de pie, como un centinela en las sombras, vi una luz que se encendía en el cuarto de Henry. Su dormitorio estaba en la segunda planta y la ventana daba a la calle. Pegué la espalda a la pared de ladrillo húmeda y contuve el aliento cuando una figura se acercó a la ventana. Se trataba de una silueta que conocía muy bien. Henry. Estaba muy cerca, y lo único que quería era verle la cara.

Las cortinas se retiraron y me preparé para ver el rostro macilento de Henry; sin embargo, solo vi un par de ojos brillantes y un resplandor de pelo blanco…

Hyde.

Una corriente de náuseas me arrastró como la marea para acabar estrellándome contra las rocas. La sorpresa me hizo retroceder tambaleándome. Hyde estaba en el cuarto de Henry. Lanyon debía de haber estado en lo cierto.

Me agaché y apoyé las manos en las rodillas. Esto era lo que había estado buscando: respuestas a una avalancha infinita de preguntas. Ya las tenía en mi poder, y me odiaba por haberlas buscado siquiera. Las cartas de Henry deberían haberme bastado.

Qué tonto había sido.

Me di la vuelta para marcharme, pero entonces la puerta trasera de la casa de Henry, la que daba al callejón, se abrió. Alcé la mirada hacia la ventana y descubrí que Hyde había desaparecido y había apagado la luz. Al bajar la vista, vi la luz tenue de una vela que iluminaba el callejón, y, de repente, de entre las sombras emergió una figura que me recordaba a un fantasma. El corazón me golpeaba las costillas como un pájaro que, desesperado, trataba de escapar de su jaula.

Hyde recorrió el callejón con andares amplios y ligeramente desequilibrados. Se detuvo a pocos pasos de mí, y sus grandes ojos oscuros me encontraron en mitad de la lóbrega niebla nocturna.

—Buenas noches —me saludó, con una voz grave y hueca.

No supe qué decirle. Me puse rojo a causa del bochorno, y un manto pesado de vergüenza cayó sobre mí. No debería haber estado allí. Debería haber respetado los deseos de Henry. Ahí estaba, agachado en un callejón como un tonto. No levanté la mirada del suelo.

—Lo siento —me disculpé—. Sé que no debería estar aquí.

—¿Y dónde deberías estar? —preguntó Hyde, dando un paso hacia mí.

Alcé el rostro para encontrarme con su mirada. Esperaba encontrar ira, quizá resentimiento, pero lo que encontré fue algo extrañamente reconfortante.

—Llevo un tiempo intentando ver a Henry —le dije.

Hyde me examinó el rostro en silencio durante un largo instante.

—Te escribió una carta —me dijo.

El corazón se me aceleró en el pecho.

—¿Te lo contó?

Hyde ladeó la cabeza.

—No hizo falta. Lo conozco muy bien, y parece algo típico de él. Te pidió que te olvidaras de él, ¿verdad?

Un carruaje pasó a toda prisa junto a nosotros y sumió el callejón sombrío en la oscuridad. Durante un instante, me quedé a solas, envuelto en tinieblas, junto a aquel extraño, y me pareció que alzaba la mejilla, como si sonriera. El carruaje continuó por la calle y la luz tenue que se filtraba a través de la densa niebla volvió a iluminar el callejón.

Hyde había dado otro paso hacia mí, y no lo había oído.

El vello de la nuca se me puso de punta y un sudor frío me empapó las manos.

—E-entonces, ¿conoces bien a Henry?

—Mejor de lo que se conoce a sí mismo —me contestó Hyde.

Resoplé indignado y noté que la envidia se me deslizaba bajo la lengua e impregnaba mis palabras.

—¿Cómo puede ser? No hace tanto que lo conoces.

—Ah, pero lo conozco, y sé que el miedo lo ciega.

Iba a proseguir con mi interrogatorio, pero, de repente, Hyde miró hacia el callejón.

—Estabas aquí cuando aquellos hombres me perseguían —me dijo, con una voz que sonaba como las hojas que arrastraba el viento.

Prácticamente me había olvidado ya de aquel incidente.

—Sí —le dije—. ¿Por qué te perseguían?

Hyde alzó las manos sobre la cabeza, dio una vuelta y, a continuación, hizo una reverencia fingiendo que se retiraba una chistera.

No tenía muy claro si reírme o echar a correr.

—Estaba en Hyde Park. Era la primera vez que iba por allí. —Hizo una pausa y dio otra vuelta sobre sí mismo—. Los árboles, la hierba... Dios... Hasta los pájaros y los insectos. Todo estaba lleno de vida, todo cambiaba, y a mí me... me gusta bailar.

Intenté que no se me notara lo confundidísimo que estaba.

—¿Qué tiene que ver eso con los tipos que te perseguían?

—Me gusta bailar —repitió Hyde—. Y, por lo visto, a ellos no.

Había un significado oculto tras sus palabras que no terminaba de comprender. Se quedó mirándome fijamente, con tanta intensidad que tuve que apartar la vista.

—No sé cuánto rato llevaba ahí fuera —prosiguió, frotándose los brazos como si empezara a tener frío—. Aquellos hombres me vieron y me gritaron que dejara de hacer el tonto. Parece que verme contento les pareció una ofensa gravísima.

—¿Los conocías?

—No —respondió.

Seguía confundido.

—Pero te perseguían como si hubieras cometido un crimen.

Hyde resopló y una nube de vaho blanco brotó de él y se entremezcló con la niebla.

—Me trataron como si me hubieran juzgado y condenado. Intentaron asaltarme, pero ninguno de ellos fue lo bastante rápido como para atraparme.

Súbitamente, Hyde me agarró de los brazos, con una fuerza descomunal.

—Me alejé de ellos, pero, al darles la espalda, se abalanzaron sobre mí. Me torcí la pierna, me abrí el labio y me hice una herida en el ojo. Eché a correr y no me avergüenzo de ello. —Me rodeó—. Creo que si tu primo Enfield y tú no hubierais estado allí, me habrían infligido un castigo mucho más severo. Supongo que debería daros las gracias.

Jamás había conocido a nadie como Hyde. No lograba discernir qué era exactamente lo que me hacía sentir de ese modo. El pelo cano y prematuro era peculiar, pero, salvo por ese detalle, tenía el mismo aspecto que cualquier otra persona con la que me podría haber cruzado por la calle. Le examiné la cara en busca de cualquier rasgo que me indicara por qué no podía dejar de mirarlo, pero no hallé nada.

—Conozco muy bien las leyes —le dije, volviendo a centrarme en el asunto que teníamos entre manos—, y, hasta donde yo sé, bailar en Hyde Park no quebranta ninguna.

—¿Sabes de leyes?

Me erguí un poco.

—Sí. Trabajo de asistente legal para sir Danvers Carew.

Hyde se puso tenso. Aquella reacción al oír ese nombre me resultaba familiar.

—¿Lo conoces? —le pregunté.

—No —respondió él, con la mirada gacha—, pero he oído hablar de él, y no porque sea un buitre malévolo que se aprovecha de las leyes. Tiene una reputación bastante oscura.

No sabía dónde había pasado Hyde su tiempo desde que había comenzado a estar con los Jekyll, pero la descripción que hizo de sir Carew me pareció de lo más acertada. Me estremecí. Era consciente de lo que se decía de él abiertamente: que era un hombre brillante y despiadado en los juzgados, pero que también se empeñaba en buscar jóvenes a los que manipular. A saber lo que dirían de él a sus espaldas.

Hyde se acercó a mí y se pegó tanto que sentí su aliento en la cara.

—Henry y tú estáis muy unidos.

Le observé el rostro en medio de aquella creciente oscuridad. Sus grandes ojos marrones me resultaban familiares y desconocidos al mismo tiempo.

—Lo aprecio mucho —respondí—. Por eso estoy aquí. Te he visto entrar y salir de la casa, lo cual me ha hecho preguntarme qué clase de relación hay entre vosotros.

Me contuve para no decir nada más. Quería gritarle que quería morirme cada vez que veía que a él lo habían recibido con los brazos abiertos cuando a mí me habían apartado y obligado a merodear por callejones oscuros infestados de ratas en los que aguardaba la oportunidad de ver un atisbo de Henry. Sin embargo, me recordé la promesa que había hecho: si esto era lo que Henry quería, lo aceptaría.

—No debería haber venido —dije entonces, sintiéndome derrotado—. Por favor, no le digas a Henry que he estado aquí. Ya me siento bastante avergonzado.

—No creo que haya nada de lo que debas avergonzarte —contestó Hyde—. Has venido a buscar al chico al que amas para averiguar el estado en el que se encuentra su corazón. ¿Qué hay de vergonzoso en ello?

Me quedé patidifuso al ver la facilidad con la que hablaba sobre Henry y sobre mí. No había ni rastro de maldad o celos en sus palabras, ni tampoco de crítica.

—En cuanto a lo de no contarle a Henry que has estado aquí... Lo siento, pero me temo que no puedo hacer nada al respecto. A Henry se lo cuento todo.

—Por favor —le dije, y la desesperación se apoderó de mí—. No puede enterarse.

—¿Por qué no? —preguntó Hyde—. ¿Por qué no puedes ser sincero con él? Es evidente que hay muchas cosas que tenéis que deciros desde hace mucho tiempo.

—No quiere verme —le contesté—. No vas a entenderlo.

—Ah, ¿no? —preguntó Hyde—. Quizá te sorprenda.

Negué con la cabeza. Aquello no era tan sencillo, pero llegué a la conclusión de que, si Hyde quería contárselo a Henry, no podía impedírselo. No servía de nada intentarlo.

Me di la vuelta y pasé junto a Hyde para regresar a la calle.

Entonces me detuve, miré detrás de mí, y le dije:

—Si vas a contarle que he estado aquí, al menos hazme el favor de decirle que lo único que quiero es que sea feliz.

Me di la vuelta y me quedé observando la niebla.

Oí los pasos de Hyde acercándose a mi espalda, pero no me atreví a girarme. No quería que viera las lágrimas que me anegaban los ojos. Pero oí su respiración agitada.

Y, entonces, de repente, me apoyó una mano temblorosa en el hombro.

Que te vea en tu momento más bajo, pensé. *Que lo vea todo.*

No importaba que Hyde tuviera una relación estrecha con Henry o no, porque para mí seguía siendo un desconocido. Me di la vuelta para mirarlo y, al momento, él se puso detrás de mí. Confundido por aquel cambio de posición, lo perdí de vista y luego ya solo oí sus pasos apresurados al cruzar la calle y al adentrarse en el callejón que colindaba con la casa de los Jekyll. Se había subido el cuello del abrigo para ocultarse el rostro. Entró por la puerta trasera y la cerró con fuerza, con lo que sumió el callejón en tinieblas al impedir el paso de la luz tenue.

Yo, por mi parte, me limité a quedarme allí, como si tuviera los pies clavados en el suelo, inquieto tras aquella despedida tan abrupta. El peso de una nueva tristeza me anclaba a aquel lugar, aun cuando lo único que quería era marcharme.

Al final me obligué a alejarme de la casa. Cuando llegué al final de la calle, me di la vuelta para observar la ventana de Henry, pero la encontré a oscuras. Vacía.

12

LA CASA TORCIDA EN HARRINGTON

El rostro de Hyde se me apareció en sueños durante una semana entera. Siempre me lo encontraba acechando entre las sombras o en algún callejón. Cada vez que me veía, salía despedido hacia delante dando vueltas como una marioneta sujeta con hilos.

«A Henry se lo cuento todo».

Le gritaba que necesitaba que le dijera a Henry que quería hablar con él, pero él se negaba y seguía bailando.

Me despertaba empapado de sudor, temblando hasta que me dolían los huesos.

Por desgracia, sir Carew se recuperó de su enfermedad. Era consciente de que mi madre me diría que no estaba bien desear que otra persona enfermara, pero mi madre no conocía a sir Carew. Volví al trabajo, pero en ningún momento dejé de desear que enfermara de gravedad y que sufriera la derrota más amarga posible.

Henry y Hyde atormentaban mis pensamientos incluso cuando no estaba durmiendo. No podía confesárselo a nadie salvo a Lanyon y a Enfield, que insinuaban que estaba volviéndome loco de celos. Puede que tuvieran razón, pero a mí me daba la sensación de que no era solo eso. Hyde no se había mostrado conflictivo, sino más bien curioso. No había puesto en duda lo que sentía por Henry. Su respuesta me había resultado reconfortante e inquietante a la vez. A pesar de su naturaleza en apariencia inocente, no podía dejarlo estar. Sin embargo, decidí no involucrar a Henry en aquel problema.

Me mantuve alejado de Leicester Square durante toda una semana. Cada vez que me descubría a mí mismo yendo hacia casa de Henry cuando volvía del despacho de sir Carew, corregía la ruta y seguía con mis asuntos.

Una tarde, mientras la señorita Laurie se despedía de un grupo de huéspedes, me apartó a un lado y me preguntó si me importaba acercarme al mercado de Harrington para recoger un cerdo despiezado que había encargado. Accedí porque sabía que, de lo contrario, me pasaría el rato intentando no acercarme a la casa de Henry. Prácticamente podía oír a Enfield en mi cabeza diciéndome que dejara de comportarme como un tonto.

El mercado de Harrington se encontraba cerca de los muelles, escondido entre los almacenes y los astilleros repartidos que salpicaban el Támesis. Llamaba la atención como una herida infectada. Lo olí antes de verlo siquiera y, cuando al fin llegué, tuve que cubrirme la nariz con la manga. Menos mal que aún no era verano, o el pestazo habría sido insoportable.

Me abrí paso entre los puestos atestados de gente hasta que llegué a mi destino: un edificio estrecho atrapado entre otros dos edificios. En la planta baja había una tiendecita con un gran escaparate. Al entrar, me sentí agradecido por dejar atrás el mal olor del exterior.

La carne curada y varias ristras de salchichas colgaban de ganchos en el techo bajo. Sobre el mostrador de madera había otros cortes de animales que no reconocí de primeras. La tienda entera olía a madera, humo y sal. Tras el mostrador se hallaba un hombre fornido con la barba arreglada y un ojo blanquecino por las cataratas.

—Me manda la señorita Laurie a recoger un cerdo —le dije.

La expresión del hombre se suavizó al instante y se inclinó hacia el mostrador.

—Claro, claro, me avisó de que te pasarías. Confiaba en que cambiara de parecer y viniera ella misma. Qué mujer...

—Sí que lo es, sí —respondí, aunque tenía claro que lo decíamos con una implicación distinta.

Para mí, la señorita Laurie se había convertido en una especie de madre; a este señor, en cambio, le habría gustado tomarla por esposa. El pobre no sabía que la señorita Laurie siempre decía que no iba a casarse porque se negaba a que ningún hombre viviera en su casa y se comiera su comida.

—Ya casi lo tengo todo listo —me examinó de la cabeza a los pies y luego miró hacia fuera—. ¿Seguro que se las arregla solo? ¿No ha venido con un carro?

—Me las arreglo —respondí.

Él se encogió de hombros y desapareció por una escalera estrecha en la parte trasera de la tienda. Me entretuve intentando adivinar qué trozos de carne correspondían a cada animal cuando, de repente, un rostro familiar pasó junto a la ventana.

Hyde; que además iba acompañado del criado de los Jekyll, el señor Poole.

Salí corriendo por la puerta antes de que me diera tiempo a detenerme, sin un ápice de autocontrol. Hyde se apoyaba en un bastón y caminaba por delante del señor Poole. Desapareció al doblar un esquina, y el señor Poole le gritó algo que no oí porque se perdió entre la multitud de voces.

Abandoné la carnicería y fui tras ellos. El señor Poole dobló la esquina en pos de Hyde, y yo lo seguí a él, manteniendo toda la distancia posible pero sin llegar a perderlo de vista.

Serpenteamos a través de los puestos y cruzamos callejones atestados de gente hasta que llegamos a una sección del mercado de los astilleros que no reconocía. Había menos gente allí y, cuando Hyde frenó el paso, tuve que esconderme tras una pila de cajas para que no me viera.

—¡No puedo seguirle el ritmo! —protestó el señor Poole, con la frente perlada de sudor y el pecho agitado.

Hyde giró el bastón y golpeó el suelo con él.

—Siempre igual de ágil…

¿Tanto tiempo conocía ya a la familia Jekyll? Henry jamás lo había mencionado, sin embargo, Hyde parecía ser consciente de hasta los detalles más insignificantes de aquella familia. Sentí la indignación apoderándose de mí.

—Pero ya hemos llegado, así que puedes descansar —dijo Hyde—. Vuelvo en un momento.

—Ah, no —respondió el señor Poole, que se acercó a él dando pisotones—. El doctor Jekyll me dijo que no me alejara de usted ni un solo segundo, ¿y sabe qué es lo que me resulta curioso?

Hyde puso los ojos en blanco y luego miró al señor Poole.

—Dígamelo.

—Está caminando sin problema desde que nos hemos bajado del carruaje. Ni siquiera necesita ese bastón.

Hyde arrojó el bastón al aire, lo atrapó con la mano y señaló al señor Poole con él.

—Aún tengo la rodilla fastidiada tras aquel encuentro con aquella manada de memos famélicos que me persiguieron y por cuya culpa acabé hiriendo a aquella pobre niña.

Me sorprendí al descubrir que sentía remordimientos por lo que había ocurrido.

—Dejando ese tema aparte —contestó el señor Poole—, si no lo conociera, diría que está intentando darme esquinazo.

—¿Y por qué iba a querer hacerlo? —preguntó Hyde.

—Porque en verdad no quiere ayudar al pobre Henry.

Al oír el nombre de Henry, sentí un dolor que me era conocido. Lo echaba tanto de menos que hasta lo sentía en los huesos.

Hyde cambió la postura del mango del bastón y se cernió con gesto amenazador sobre el señor Poole. En ese instante me fijé en que el mango tenía la forma de la cabeza de un águila, y los rubíes que tenía por ojos destellaron con la luz.

Era el bastón del doctor Jekyll.

Hyde agarró el bastón con fuerza.

—Lo único que quiero es ayudar a Henry. Igual que el doctor Jekyll.

—¿Está seguro? —preguntó el señor Poole—. Considéreme un cínico si quiere, pero no creo que esas sean sus intenciones reales.

Hyde soltó un bufido y lo esquivó.

—Quédese aquí.

Después se dio la vuelta y se acercó a una puerta estrecha de uno de los edificios. Llamó tres veces y, al instante, una anciana corpulenta vestida de negro le abrió. Hyde desapareció en el interior y dejó solo al señor Poole.

Me agaché aún más, con el corazón acelerado. El señor Poole había pronunciado el nombre de Henry como… como si sintiera lástima por él. Por otro lado, que Hyde insistiera en que él lo único que quería era ayudar me parecía extraño. Henry podría haberme contado casi cualquier cosa; le habría prestado atención y lo habría ayudado como hubiera podido. No tenía muy claro si me fiaba de Hyde cuando decía que quería ayudar a Henry, pero esperaba que estuviera siendo sincero. Recobré la compostura y salí de detrás de la pila de cajas.

El señor Poole abrió los ojos de par en par.

—¿Señor Utterson? ¿Qué diablos hace ahí?

Examiné la puerta. Lo último que necesitaba era que Hyde le fuera a Henry con el cuento de que habíamos vuelto a encontrarnos.

—He venido a buscar un cerdo para la señorita Laurie —le dije—. Los he visto a usted y a Hyde por la ventana y…

—No debería estar aquí —me interrumpió el señor Poole. Se acercó a mí corriendo e intentó meterme en el callejón—. Tiene que marcharse ahora mismo.

—Señor Poole, por favor —le dije, plantando los pies con firmeza—. ¿Le pasa algo a Henry? Lo siento, pero he oído parte de la conversación y me he quedado preocupado.

—No tiene de qué preocuparse. —El señor Poole mentía fatal. Miró hacia atrás, hacia la puerta por la que había entrado Hyde, y luego dejó escapar un suspiro y bajó la cabeza—. Lo vi la otra noche hablando con Hyde ante la casa de los Jekyll.

El peso de la vergüenza fue tan aplastante que estuvo a punto de doblarme por la mitad.

—Lo… lo siento. No quería molestar, pero…

—Debería interrumpir toda comunicación con él —me contestó el señor Poole, tajante—. No tiene ni idea de lo que está ocurriendo y, si le soy sincero, yo tampoco.

Algo en su interior se rompió. Durante un instante, se le hundieron los hombros y creí que iba a desmayarse. Le apoyé las manos en los hombros para que no perdiera el equilibrio y él me agarró de la muñeca.

—Es la primera vez que me piden que acompañe a Hyde para esto —me susurró el señor Poole—. Normalmente eran Henry o el propio doctor Jekyll quienes lo hacían, pero Henry se ha encerrado en el laboratorio con su padre y pasan allí los días y las noches. El único que puede entrar y salir a su antojo es Hyde. Llevo veinte años al servicio de los Jekyll, recibiendo un salario, y ahora le encargan a este extraño joven recados importantes. El doctor Jekyll y Henry confían en él a ciegas. —Entonces calló y se cubrió la boca con las manos cubiertas de arrugas—. He dicho demasiado. Por favor, no le hable de esto a nadie, se lo suplico.

—No lo haré —respondí. Aquel hombre me daba lástima; no tenía ni idea de qué estaba ocurriendo, pero el señor Poole parecía muy afectado—. Pero no lo entiendo. Hyde habla como si fuera alguien muy cercano a

Henry. Se encuentra lo bastante cómodo como para moverse a su antojo por la casa, el laboratorio…

El señor Poole asintió.

—Normal que le resulte extraño. ¡Es que lo es! Es una locura, señor Utterson, y tengo miedo. ¡Miedo le digo!

No conocía lo bastante al señor Poole como para saber si era proclive a exagerar. En general, las interacciones que había tenido hasta entonces con él habían sido de carácter formal, pero parecía un hombre sensato. Allí delante de mí tenía a un hombre aterrorizado que no era capaz de expresar cuál era su temor.

Entonces oímos unos pasos pesados y el señor Poole me hizo un gesto para que me fuera. Me apresuré tras las cajas justo cuando Hyde salió del edificio con un paquetito envuelto en papel marrón y anudado con un cordel.

—No se quede atrás, señor Poole —le dijo Hyde mientras se paseaba por la calle, alejándose de mi escondite.

El señor Poole obedeció, y yo esperé hasta haberlos perdido de vista para salir de mi escondrijo. Sabía que la señorita Laurie me estaba esperando para que le entregara su cerdo, de modo que me apunté dónde estaba aquella casita torcida y regresé a la carnicería. Deambulando por aquel laberinto de calles interconectadas, no dejaba de darle vueltas a la misma idea.

No sabía si iba a poder cumplir la promesa que me había hecho a mí mismo y dejarle a Henry el espacio que necesitaba. El comportamiento del señor Poole había despertado mi preocupación por la seguridad de Henry.

Cargué con el cerdo hasta la casa de huéspedes, y la señorita Laurie se rio cuando lo dejé sobre la mesa.

—Es casi tan grande como usted —me dijo—. ¿Cómo está el señor Loft?

Enarqué una ceja.

—Muy bien —contesté—. Confiaba en que fuera usted a recoger el pedido.

Sin embargo, ella le restó importancia al asunto con un gesto de la mano.

—¿Se imagina a mí trayendo esa cosa desde allí? Tendría que quedarme una semana en cama. Si el señor Loft fuera un caballero como Dios manda, me lo habría traído él hasta aquí.

—No sé si es un caballero o no, pero yo huelo a letrina.

La señorita Laurie se pellizcó la nariz.

—Vaya a quitarse ese pestazo de encima —me ordenó, y, mientras subía las escaleras, me llamó—. Le ha llegado una carta. Se la he metido por debajo de la puerta.

De repente, el olor a carne podrida y sangre coagulada que se había aferrado a mí ya no eran un asunto tan importante. Subí a trompicones los últimos escalones y corrí hacia mi habitación. En el suelo encontré la carta a mi nombre, escrito con la letra de Henry.

Reúnete conmigo mañana por la noche en el 183 de Dorset Street, Christ Church. Ven solo.

Me pegué la carta al pecho. Ansiaba que llegara la noche del día siguiente.

13

SIR DANVERS CAREW, EL MONSTRUO

Al día siguiente fui al despacho de sir Carew como si estuviera en una nube. Ver la carta de Henry me había dado esperanzas e ilusión. Iba a verlo, y no solo eso, sino que además iba a verlo porque él quería, porque él se había puesto en contacto conmigo después de todo el tiempo que había pasado.

Me guardé la carta en el bolsillo y fui acariciándola durante una jornada monótona en la que me dediqué a transcribir las notas casi ininteligibles de sir Carew. Era un recordatorio necesario para no olvidar que había un mundo más a allá de aquel despacho y de los ojos fisgones de sir Carew.

A medida que fueron transcurriendo las horas, sir Carew fue poniéndose más y más nervioso. Aquella naturaleza inquieta no me resultaba desconocida. Casi todas las semanas llegaba un momento en que se alteraba tanto que comenzaba a mecerse a propósito en su silla, con lo que provocaba un crujido ensordecedor. Golpeaba los dedos contra la mesa de madera y se aclaraba la garganta cada dos por tres.

Lo hacía todo para llamar mi atención. Quería que me girara y lo mirara, y ya había descubierto que, cuando lo hacía, activaba una especie de mecanismo extraño en él. Era un juego: si alzaba la mirada, ganaba él. Entonces se acercaba a mí y me soltaba una retahíla de cosas deplorables porque, como había reaccionado a sus gestos, se lo tomaba como que me apetecía que me hablara, lo cual no podía estar más lejos de la realidad.

Sir Carew comenzó a tararear una melodía que no me sonaba de nada. Cuando no logró llamar mi atención, comenzó a toser. No alcé la mirada, pero deseé con todo mi ser que se atragantara y se muriera sobre el escritorio.

—Utterson —exclamó al fin—. ¿Te encuentras bien?

Apreté los dientes. Me lo había preguntado a sabiendas de que no era yo el que tenía un problema.

—No sé a qué se refiere, señor —le dije sin establecer contacto visual—. De hecho, debería hacerle la misma pregunta. Ha estado enfermo y esa tos suena muy… fea.

No le había preguntado por su salud porque no me importaba lo más mínimo, pero estaba claro que se había percatado de aquel detalle y que tenía algo que decirme al respecto.

—Después de todo lo que he hecho por ti —me dijo, aproximándose—. Después de todo lo que te he dado, ¿no te has preocupado por mi estado de salud hasta este mismo momento?

Me agarró de los hombros. Mi tintero volcó y el líquido negro se derramó sobre una de las notas de sir Carew. Me preparé para una avalancha de gritos e insultos, pero no dijo nada.

Después se agachó y me acercó la boca al oído.

—Me debes tu vida, muchacho. No lo olvides nunca.

Apreté tanto la pluma que se astilló. El sonido de su respiración pesada y el olor de su aliento me provocaron náuseas.

—Levántate —me ordenó.

—Señor, tengo mucho trabajo. —Noté que el corazón se me aplastaba en el pecho—. Si me permite concentrarme, puedo tener todo esto listo por la mañana.

Sir Carew soltó un bufido y me apretó el hombro tan fuerte que quise gritar, pero no lo hice por miedo a que mi reacción tan solo lograra avivar aquella espantosa llama que ardía en su interior. Solté la pluma rota, me puse en pie y me giré hacia él. Sentí que no podía respirar, que no podía moverme.

Sir Carew me miró a los ojos.

—¿Tu padre sabe lo tuyo?

Me tragué el miedo que amenazaba con brotar de mi garganta y resonar en la estancia.

—No… no sé de qué me está hablando.

Sir Carew se pegó a mí hasta que presionó su tripa contra la mía. Me dedicó una sonrisa espantosa y torcida, y luego se rio, con lo que su aliento con olor a brandi me invadió las fosas nasales. Me apoyó la mano en el pecho y deslizó los dedos por mi torso hasta que me rozaron la cintura de los pantalones.

Actué sin pensar. Le aparté la mano de un golpe y retrocedí hasta llegar al borde de mi escritorio.

La expresión de incredulidad que le cubrió el rostro fue de lo más satisfactoria, pero aquel leve destello de regocijo no tardó en verse ahogado por el miedo. Sir Carew era un hombre que siempre obtenía lo que se proponía. Probablemente jamás le hubieran negado nada en ningún momento de su patética vida, por lo que yo era su primera derrota.

Se adueñó de la vela de mi escritorio, que prácticamente se había consumido hasta llegar al pesado candelabro de bronce, y me la estampó en la cara con un golpe rápido.

Todo se oscureció. Caí del escritorio al suelo. No veía nada, pero oía a sir Carew proferir gritos incoherentes con todas sus fuerzas.

Tanteé el suelo con las manos y me toqué el lado inferior derecho de la cara. Parpadeé para intentar que las sombras se retiraran. Los gritos de sir Carew me indicaron que aún seguía con vida, pero, a medida que el dolor fue extendiéndose por mi cuerpo, deseé haber muerto. Un dolor agónico me brotó en la sien y siguió un sendero hasta llegar a la carne que me rodeaba el ojo.

Rodé sobre mí mismo y parpadeé hasta que las vigas cruzadas del techo tomaron forma ante mí junto con el rostro enfurecido y desfigurado de sir Carew. Su piel pálida había adquirido un tono rosáceo. El pelo ralo que normalmente le cubría la cabeza como una manta deshilachada se le había pegado a la frente sudada. En sus ojos ardía un odio del que había sido testigo un millón de veces. Una rabia que gritaba: «¿Cómo te atreves a desafiarme?».

De repente, las manos de sir Carew se abalanzaron sobre mí y me obligó a levantarme. Me agarró tan fuerte del cuello de la camisa que apenas podía respirar, así que le arañé las manos para que me soltara.

—¡Mira lo que has hecho! —me gritó—. ¡El suelo lleno de sangre y mis notas cubiertas de tinta!

Observé el suelo donde, en efecto, mi sangre se había derramado sobre los tablones de madera; sin embargo, no entendía cómo podía culparme por ello. Me apreté la mano contra la sien para intentar detener el flujo caliente que se me derramaba por la cara y, al hacerlo, metí los dedos en un tajo profundo que me había hecho sobre el ojo derecho. El mundo entero comenzó a encogerse cuando la cuenca palpitó y la piel se hinchó.

Sir Carew me empujó hasta la puerta.

—¡Se acabó! ¡Vuelve a ese tugurio del que has salido y asegúrate de escribirle a tu padre para que sepa que eres una decepción y un degenerado!

Me dio un último empujón y salí tropezando hacia el patio. No había muchos estudiantes por allí a aquella hora de la noche, pero los que me vieron no se pararon para ayudarme mientras trataba de no caerme. Me desplomé sobre los adoquines fríos y ni siquiera intenté levantarme.

Sir Carew me fulminó con la mirada desde la puerta de su despacho y me dijo:

—Vuelve al barro, Gabriel, que es a donde pertenece tu gente. Y escúchame bien: cuando acabe contigo, no se te podrá ver el pelo en todo el reino. Recuerda mis palabras.

Yací en el suelo gélido y observé un grupo de estrellas rutilantes desperdigadas. Quizás aquel fuera mi fin: si ya no podía trabajar como asistente, tendría que irme de la casa de huéspedes. La señorita Laurie me había ofrecido quedarme de todos modos, pero ¿cómo iba a aceptarlo? La ira que había despertado en sir Carew traería consecuencias, y no podía permitir que la señorita Laurie se viera afectada. Si dejaba la casa de huéspedes, tendría que volver a casa de mis padres. Tendría que abandonar a Henry.

¡*Henry*!

Me acerqué el abrigo y saqué la carta del bolsillo. Me había dicho que nos reuniéramos en Christ Church, por lo que me esperaba una larga y espantosa caminata. Pero me daba igual, de modo que me recompuse e inicié el camino.

14

Una habitación en Christ Church

Un mercader, al ver la herida del ojo, se ofreció a llevarme en su carro. Acepté de buen gusto y me tumbé entre las pieles de oveja y el cuero oscuro mientras perdía y recobraba el conocimiento o me dormía; no tengo muy claro cuál de las dos. De repente, el carro se detuvo.

—Esto es lo más lejos que voy en esa dirección —me dijo el mercader—. Será mejor que se baje y que alguien le mire ese corte antes de que se le ponga feo.

Le di las gracias y me dirigí hacia al 183 de Dorset Street. El bloque de viviendas estaba en peor estado que la casa de huéspedes de la señorita Laurie, lo cual creía imposible hasta ese momento. Todos los edificios deteriorados de la calle se inclinaban de un modo siniestro hacia los callejones oscuros cercanos.

Una mujer que cargaba con un niño sucio, que no dejaba de llorar, le dedicó una sonrisa desdentada a un hombre que le agitó un talonario de cheques en la cara y se relamió los labios para ofrecerle un beso. Un grupo de borrachos tropezó entre sí al salir del pub cantando una canción que no conocía y gritándole obscenidades a las mujeres que iban por la calle.

Las calles que rodeaban la casa de huéspedes de la señorita Laurie olían a excrementos de animal, a comida hervida y a humo, mientras que, por lo visto, en Dorset Street, escaseaba la comida y el fuego, pero abundaban los excrementos de humanos y animales.

Volví a comprobar la dirección y, tras asegurarme de que era la correcta, me acerqué al número 183 y llamé a la puerta. Poco después, una mujer alta y despampanante abrió y me miró de la cabeza a los pies. Llevaba un vestido verde que llegaba hasta el suelo con unas mangas acampanadas de encaje y un escote muy pronunciado. Llevaba el pelo recogido en un moño enrollado a la altura de la coronilla y se lo había decorado con florecillas blancas.

—Parece que te han dado una buena paliza, cielo. —Tenía la voz áspera y ronca debido a la flema. Tosió en un pañuelo de encaje amarillento y luego se apoyó la mano en la cadera—. ¿Puedo ofrecerte algún servicio?

—Estoy buscando a alguien. ¿Henry Jekyll? Me ha dado esta dirección.

—¿Jekyll? —pareció pensárselo—. Aquí no hay ningún Jekyll, cielo.

De repente se oyeron unos pasos pesados en las escaleras y un rostro familiar apareció por encima del hombro de la mujer.

Hyde.

—Me busca a mí —dijo.

Sin embargo, cuando nuestras miradas se encontraron, se le puso el rostro pálido. Observó las heridas y algo destelló en su mirada. Me pareció que era rabia, pero Hyde no tenía motivos para preocuparse por que me hubieran partido la cara.

—Pasa —dijo Hyde.

Antes de que pudiera protestar, me agarró del brazo y me obligó a entrar. La mujer del vestido verde cerró la puerta y, como mínimo, echó tres cerrojos.

El vestíbulo conducía a dos salitas que se encontraban a ambos lados de un pasillo corto. Al fondo había unas escaleras. Unas seis mujeres holgazaneaban sobre muebles desiguales. Algunas no eran mujeres, sino niñas que quizá no tuvieran más de diez años.

Alguien más llamó a la puerta y entonces todo el mundo guardó silencio.

—¡Sé que estás ahí, Helena! —gritó un hombre—. Abre y deja que vea esa cara tan bonita que tienes.

La mujer que me había abierto la puerta se metió la mano en la falda y se sacó una navaja diminuta y reluciente. La giró en la mano mientras se acercaba a la puerta y, entonces, la abrió lo justo para sacar el brazo y pegarle la hoja del arma a la barbilla del hombre.

—Es la última vez que se lo digo, señor Delaney, así que preste atención y no se lo tome como un juego, porque sé jugar muy bien y también hacer trampas. ¿Me oye?

—Helena… —protestó el hombre.

La mujer le presionó la navaja contra el cuello. Supe que la había apoyado en la arteria carótida gracias al tiempo que había pasado en el Colegio de Medicina de Londres. Si le hacía un tajo ahí, el tal señor Delaney moriría antes de desplomarse en el suelo siquiera.

—Ni quiero ni necesito verlo —le advirtió Helena con tono serio e implacable—. Y si vuelvo a verlo por aquí, le arrancaré la cara y me la pondré de máscara en mi próxima fiesta de disfraces. ¿Le queda claro?

El hombre retrocedió tambaleándose, y Helena volvió a cerrar la puerta y a echar el cerrojo. Una joven, que quizá solo tuviera un año menos que yo, se acercó corriendo a abrazarla.

—No te preocupes, Helena —le dijo la chica—. Si vuelve a aparecer por aquí, me lo cargo.

Al ver a tantas jóvenes allí refugiadas, me hice una idea bastante aproximada de en qué clase de lugar me encontraba. Todo el mundo sabía que en Christ Church había casas de mala reputación, pero aquel lugar era otra cosa. Helena parecía estar proporcionando refugio a un grupo de mujeres jóvenes que estaban listas para acabar con hombres como el pobre señor Delaney. Con la imagen de sir Carew aún reciente en mi mente, no podía culparlas por sus acciones.

Me giré hacia Hyde, que me hizo un gesto para que lo acompañara a la planta superior.

Lo seguí por un pasillo y entramos en un cuartito que estaba al fondo de la casa en el que había una cama, dos sillas, una chimenea chiquitita y una pila llena de agua. Me desplomé en una de las sillas justo antes de que las piernas me fallaran.

—¿Dónde está Henry? —le pregunté—. Recibí su carta. Me dijo que nos reuniéramos aquí.

—¿Firmó la carta? —preguntó Hyde, que introdujo un cuadradito de tela en la pila y lo estrujó.

—¿Qué? No, pero reconocería su letra en cualquier parte.

Hyde se detuvo durante un instante. Después se dio la vuelta y me entregó el trapo. Me lo llevé al rostro y el agua fría alivió parte del dolor.

—Lo siento, pero te equivocas —contestó Hyde—. Fui yo el que escribió la carta.

Me quedé mirándolo.

—No. La escribió Henry. Estoy seguro.

Hyde observó la habitación estrecha y se encogió de hombros.

—Pues aquí no está.

La decepción se apoderó de mí y me recosté en la silla.

—¿La escribiste tú? ¿Me pediste que nos reuniéramos aquí? —Quería llorar—. De todos modos, ¿dónde estamos? ¿Qué es este sitio?

—La mujer que te ha abierto la puerta se llama Helena Carmichael. Acoge a chicas a las que han abandonado. La gente de la zona se cree que esto es un prostíbulo, pero la navaja que se guarda Helena junto al muslo y la Smith & Wesson del armario del recibidor hacen que la gente (en concreto, los hombres) le dé un par de vueltas a sus suposiciones.

—Entiendo —respondí—, pero ¿qué haces tú aquí?

—Helena acogió a la señora Jekyll durante una temporada cuando era pequeña. Me está haciendo un favorcito. Necesita alejarme una temporada del doctor Jekyll. —Me quitó el trapo húmedo de la mano y me limpió la cara—. ¿Qué te ha pasado?

Negué con la cabeza.

—No importa.

No podía sacarme los ojos de loco de sir Carew de la cabeza. Me eché a temblar y apreté las manos para contener las sacudidas.

—¿Te lo ha hecho alguien? —me preguntó Hyde. La vista se le fue hacia la herida del ojo. Luego empleó el trapo húmedo para limpiarme la sangre seca del cuello—. Creo que los hombres que me perseguían cuando nos conocimos habrían querido hacerme algo parecido.

—Deberías estar agradecido de que no tuvieran ocasión de hacerlo —respondí, y otro destello de dolor me recorrió la sien.

—¿No has echado a correr? —preguntó Hyde—. ¿No has podido huir?

Me reí. No porque la situación me pareciera graciosa, sino por lo absurdas que sonaban sus palabras.

—¿A dónde iba a huir? Trabajo para ese hombre.

Hyde se tensó.

—¿Ha sido sir Carew? Cabría esperar que un hombre de su posición social fuera consciente de la cantidad de ojos que están pendientes de él a todas horas.

—No le importa quién lo sepa. De hecho, creo que eso lo envalentona. —Dejé escapar un suspiro—. Todo el mundo conoce a sir Carew. Es rico. Tiene una influencia que la gente normal apenas puede comprender. —Se me formó un nudo en la garganta y las lágrimas me empañaron la visión, ya borrosa de por sí—. ¿Sabes lo que se siente al estar atrapado? ¿Al saber que nadie te prestaría atención aun cuando te atrevieras a alzar la voz? —Me llevé las manos a la boca para contener un grito—. Veo el miedo que proyecta este hombre en los ojos de los demás. ¿Qué voy a hacer yo si ya hay otros que lo han visto cometer atrocidades y son incapaces o se niegan a hacer algo al respecto?

Hyde guardó su silencio. Tenía el rostro tenso, como si intentara contener algo... rabia, furia... No lo tenía muy claro.

De repente llamaron a la puerta. Me levanté de un brinco y retrocedí hasta la pared. Debían de tratarse de las autoridades, que habían venido a buscarme. Seguro que sir Carew los había llamado para que fueran a por mí. ¿De verdad me habían encontrado tan rápido? ¿En esta parte de la ciudad que la gente evitaba con tanto esmero?

—Por favor, Utterson —me dijo Hyde—. Siéntate.

—¡A lo mejor es la policía! —le susurré—. ¡Sir Carew los ha enviado a por mí!

—¿Por qué? —replicó Hyde—. Si es él el que te ha agredido a ti.

—Y me van a creer, ¿no? Con que les diga que lo provoqué o lo amenacé, sus actos quedarían más que justificados.

Hyde se quedó mirando la puerta, con los puños apretados contra los costados.

—Que entren.

El corazón me latía desbocado, y Hyde abrió la puerta de golpe.

Era Helena la que estaba en el pasillo.

—Te he traído un regalo —me dijo mirándome, agitando un neceser hacia mí.

Entró en la habitación y tomó asiento sobre la cama de Hyde, que cerró la puerta y se apoyó en ella.

Helena le dio una palmadita a la cama y me dijo:

—No muerdo. Siéntate y deja que te ponga puntos.

Obedecí, y Helena abrió el neceser sobre su regazo. Del interior extrajo una aguja curva resplandeciente y una bovina de hilo negro. Enhebró la aguja y me empujó hasta que quedé tumbado de espaldas. Después encendió una cerilla y la sostuvo bajo la aguja durante varios instantes, y luego se sacó una botellita transparente de un bolsillo oculto del vestido.

—¿Qué es eso? —le pregunté.

—Ácido carbólico —contestó—. Así no se te infectará la herida.

No sabía por qué Helena tenía guardada una botellita de desinfectante quirúrgico en el vestido, pero sentía demasiado dolor como para preguntárselo. Hyde le tendió el trapo húmedo, y Helena derramó una pizca del líquido sobre él y me lo pegó a la herida.

Fue como si me hubieran clavado un atizador al rojo vivo en el ojo. Grité de dolor. Helena me sujetó el brazo con firmeza. Tras un segundo, el dolor se desvaneció y pude tomar una bocanada temblorosa de aire. Si hubiera estado de pie, me habría desmayado.

—Será mejor que te distraigas con algo, cielo —me advirtió Helena—. Es una herida muy fea, pero ha sido un corte limpio.

—Entonces, ¿no me van a doler los puntos? —le pregunté.

Ella se rio.

—Claro que te va a doler, querido, pero te quedará una cicatriz muy bonita.

Apretó los bordes de la herida y el dolor me cegó. Grité y, de repente, Hyde apareció a mi lado y me apoyó la mano en el brazo.

Intenté distraerme como fuera, pero me encogía de dolor cada vez que la aguja me pinchaba y también con cada uno de los tirones con los que Helena anudaba los puntos.

—Sigo sin entender por qué me has pedido que viniera —le dije a Hyde, desesperado por una distracción—. ¿Cómo sabías cuál era mi cuarto? ¿Cómo has conseguido imitar la letra de Henry a la perfección?

—Henry me dijo dónde te alojabas —respondió Hyde—. Y no tuve que imitar nada. Escribí la nota y te pedí que nos reuniéramos aquí porque creía que estabas en peligro. Veo que estaba en lo cierto, pero he llegado demasiado tarde.

Sentí otro tirón del hilo y se me revolvió el estómago.

—Ya casi está —me dijo Helena—. Seis o siete más y terminamos.

Eso no era estar casi.

—¿A qué clase de peligro te refieres? —le pregunté a Hyde apretando los dientes.

—A Carew —respondió Hyde, sin más—. En cuanto me dijiste que trabajabas para él, me preocupé. Cualquier joven que se encuentre bajo su atenta mirada corre peligro.

—Tiene razón —intervino Helena—. No tiene una buena reputación, pero es rico y se codea con algunas de las personas más poderosas del país. —Me atravesó la piel de la ceja con la aguja y, durante un instante, me pareció ver doble—. Respira —me dijo con voz serena—. Venga, respira.

—Así que por eso me pediste que viniera aquí —le dije a Hyde—. Carew intentó abusar de mí. Lo aparté de un empujón, por instinto. Se puso hecho un basilisco por que me hubiera atrevido a desangrarme sobre el suelo de su despacho.

Helena inspiró hondo y dejó escapar el aire entre los dientes.

—Ojalá lo hubieras empujado delante de un carruaje. Con un poquito de suerte, algún caballo le habría aplastado el cráneo.

—Helena… —intervino Hyde.

—No me reprendas —respondió ella, y cortó el último fragmento de hilo—. No hay mayor depredador que ese hombre. Es un lobo.

—Es un monstruo —añadí en voz baja.

Hyde se quedó observando la chimenea y las llamas rojas que iluminaban la estancia.

—¿Acaso no tenemos todos algo de monstruo? —preguntó.

—Algunos lo somos, pero solo porque el mundo nos ha obligado. —Helena se puso en pie y se alisó el vestido—. Sir Danvers Carew es un monstruo porque decide serlo. Disfruta infligiendo daño y humillando a los demás. Quizá los demás podamos redimirnos, pero él no.

Y dicho esto, asintió levemente con la cabeza hacia mí, y se marchó sin pronunciar palabra.

Estiré el brazo y me rocé la piel suturada con mano experta de la ceja. Miré a Hyde, que parecía tener la mente en otra parte, y, al verlo de perfil, me di cuenta de que volvía a sonarme de algo. La curva de la nariz, la forma en que se unía con la piel del labio superior… La luz de las llamas se reflejaba en algo que estaba apoyado en un rincón del cuarto, justo detrás de Hyde: el bastón del doctor Jekyll.

El doctor Jekyll...

De repente caí en que aquel conjunto de rasgos que tanto me sonaba ya lo había visto en el rostro del padre de Henry. Qué necio por no haberlo visto antes. Si estaba en lo cierto, aquello lo explicaba todo.

—Eres hijo del doctor Jekyll, ¿verdad? —le pregunté.

Hyde se volvió hacia mí y, durante un segundo, dudé. Había llegado a una conclusión equivocada, pero, cuando el silencio en el que nos habíamos sumido se alargó, pensé que debía de estar en lo cierto. Mi teoría explicaba por qué Hyde sabía tanto de los Jekyll, por qué era alguien tan cercano a Henry. Los detalles aún no eran del todo claros, pero el silencio bastó para confirmar mis sospechas.

—Vaya —dijo Hyde al fin—, qué curioso...

—¿No lo niegas entonces? —le pregunté.

Hyde se levantó y fue hacia la puerta.

—Deberías irte. Se ha hecho tarde. Helena puede llamar a un carruaje para que te lleve a casa.

—Te he ofendido —le dije—. No era mi intención.

—No me has ofendido —respondió Hyde, pero no se apartó de la puerta.

Aún quería que me fuera.

Parte de mí no quería volver a la casa de huéspedes. A lo mejor sir Carew enviaba allí a las autoridades. Quizás estuvieran rebuscando entre mis cosas en ese mismo momento. Cerré los ojos y me imaginé las consecuencias de los acontecimientos de la noche.

—Tienes mala cara, Utterson —me dijo Hyde.

—Sir Carew me despedirá de mi puesto como asistente —le dije en cuanto salí al pasillo—. Ya me lo ha dicho. Hará imposible que me pueda quedar en Londres. Va a cambiar todo y no... —Negué con la cabeza—. No sé qué hacer.

Hyde me apoyó una mano en el hombro.

—Seguro que al final todo sale bien.

—¿Cómo puedes decirme algo así? —le pregunté.

Sin embargo, en cuanto me di la vuelta para obtener una respuesta, Hyde me cerró la puerta en las narices.

Helena consiguió que uno de sus vecinos me llevara a casa. El carruaje fue dando botes todo el camino, lo cual me provocó dolor de cabeza y que se me revolviera el estómago. Cuando me apeé, me encontré a la señorita Laurie esperándome con los brazos cruzados y el ceño tan fruncido que parecía que la parte inferior del rostro iba a desprendérsele del cráneo. Me observó y examinó las heridas, después me metió a toda prisa en la casa de huéspedes, me entregó una muda limpia y me cubrió con varias mantas en un abrir y cerrar de ojos.

Me preguntó qué me había pasado, y lo único que pude contestar fue que me iría enseguida de la casa de huéspedes y que lamentaba mucho haberme saltado el toque de queda.

—Contigo no lo he aplicado nunca —me contestó—. Me da igual lo que haya pasado, Gabriel. Aquí siempre tendrás dónde quedarte, y no aceptaré un «no» por respuesta a menos que me digas que vuelves a casa de tus padres.

Fui a protestar, pero me contestó que me callara y comenzó a hacerse cargo de la ropa ensangrentada.

Ambos acabamos con el rostro cubierto de lágrimas cuando la señorita Laurie se marchó de mi cuarto, pero habíamos llegado a un acuerdo. Aceptaría su oferta siempre y cuando ella me permitiera pagarle un precio justo. Ella había aceptado a regañadientes, pero yo tenía la sensación de que aprovecharía cualquier excusa para devolverme el dinero que le entregara.

Todo iba a cambiar. El tiempo en que Henry y yo nos habíamos enfrentado solos al mundo había llegado a su fin, y no tenía modo de saber cuánto se empeñaría sir Carew en arruinarme la vida hasta el fin de mis días.

Mientras me sumía en un sueño intermitente, sentí algo creciendo en el fondo del estómago: un temor helado que no había experimentado jamás.

Algo terrible se avecinaba.

15

LOS ESPANTOSOS NEGOCIOS DE SIR CAREW

Los golpes incesantes a la puerta llegaron acompañados de una voz familiar. No gritaba, pero sonaba como si tuviera la boca pegada a la puerta.

—Abre, primo —me dijo Enfield—. Levántate y abre.

No quería. Las palpitaciones de la cabeza empeoraban cada vez que me daba la vuelta, parpadeaba o respiraba. Tan solo mejoraban con el silencio (que Enfield se había empeñado en romper) y la oscuridad. El amanecer del cielo de Londres, veloz, estaba poniendo fin a aquel consuelo, de modo que al final me resigné y me levanté.

Me arrastré hasta la puerta, la abrí y volví a la cama. Enfield entró en la habitación y cerró tras de sí. Cuando lo miré, me vio la herida y le cambió la cara.

—¿Quién te ha hecho eso? —me preguntó, apretando los puños.

—No quiero hablar del tema. Lo único que me apetece es meterme en la cama.

—Vale —contestó Enfield, agarrándose a la manilla de la puerta.

Creía que se marcharía y que me dejaría dormir, pero tan solo tiró con fuerza para asegurarse de que la puerta estaba bien cerrada.

Lo observé desde debajo del montón de mantas y le pregunté:

—¿Te persigue alguien?

Entonces vi que llevaba algo enrollado en la mano: un periódico.

Enfield se sentó en el borde de la cama y me lo entregó.

—¿Ves algo con ese ojo?

—Casi nada —respondí.

—Pues tienes que leer esto. Ahora mismo.

Desenrollé el ejemplar arrugado del *Daily Telegraph* de aquel día, me incorporé y lo alisé sobre mi regazo. Al leer el titular se me heló la sangre y un peso nauseabundo se adueñó de todo mi cuerpo. El corazón me latía en la cabeza y las sienes me palpitaban; la herida del ojo ardía con fuerza.

Leí las palabras en alto para convencerme de que aquello estaba sucediendo:

—«Hallan el cuerpo sin vida de sir Danvers Carew. Hay un asesino suelto».

—Sigue leyendo —me ordenó Enfield.

Una doncella, la señorita Carolyn Prichard, que trabaja para sir Arthur H. Thurman, estaba sentada anoche junto a la ventana, remendando una manta, cuando le pareció oír cierto revuelo en la calle.

La residencia de los Thurman se encuentra cerca de los muelles y de varios pubs, de modo que es habitual oír alboroto de toda clase. La señorita Prichard no hizo caso a los primeros gritos, pero se acercó a la ventana al oír a un hombre que pedía ayuda.

Cabe destacar que la niebla gris cubría la ciudad a esa hora, por lo que su vista se vio obstruida. Sin embargo, afirma haber visto a un anciano vestido con un traje y una chistera peleando con otro hombre que llevaba un abrigo negro y un bombín que bien podría haber sido negro o marrón oscuro.

La señorita Prichard no llegó a discernir el motivo de la disputa, pero afirma que vio al anciano apuntar al pecho del otro hombre con un dedo enguantado, y que entonces el agresor se sacó un bastón con el que golpeó al anciano varias veces en la cabeza y en el cuello hasta que este se desplomó. La señorita Prichard afirma que el agresor golpeó al anciano hasta que dejó de moverse y que después abandonó la escena a pie.

La señorita Prichard no tardó en alertar a las autoridades, que, en cuanto llegaron, identificaron a la víctima y afirmaron que se trataba de sir Danvers Carew, un prestigioso profesional del derecho que, entre otras cosas, ocupaba un puesto en la junta directiva del Colegio de Medicina de Londres.

Aún no se ha identificado al agresor. Las autoridades piden ayuda a la ciudadanía para apresar a este malvado criminal. Confían en que este testimonio y la información que contiene tengan algún valor y que cualquier persona que disponga de más información sobre el caso se ponga en contacto con la policía de inmediato.

Varios orbes de luz se agitaban ante mi visión. Me di cuenta de que estaba conteniendo el aliento. Tomé aire y observé las macabras ilustraciones que acompañaban a la noticia. Sir Carew yacía bocabajo, destrozado y magullado, sobre los adoquines. A su lado se hallaba un agresor sin rostro que alzaba un bastón sobre su cabeza.

La última imagen era una fotografía del bastón con el que, supuestamente, el agresor había asesinado a sir Carew. Por lo visto, se había desecho de él durante la huida. El objeto ensangrentado era estrecho, de madera, y se había partido en dos por la fuerza de los golpes.

Sin embargo, reconocí aquel mango al instante: la cabeza intrincada de un pájaro con gemas por ojos.

Era el bastón del doctor Jekyll.

—¿No te parece increíble? —me preguntó Enfield—. El viejo ha muerto. —Me dio una palmadita en la espalda y me giré para mirarlo. Nos entendíamos sin tener que decir nada, aun cuando jamás le había revelado lo que había tenido que soportar a manos de sir

Carew—. Date un tiempo para asimilarlo. Seguro que pronto encuentras otro puesto de asistente legal, y en cuanto tu padre se entere, seguro que...

—No —respondí, interrumpiéndolo antes de que le diera tiempo a decir más.

Una expresión de preocupación cubrió el rostro de Enfield.

—¿No qué? ¿Qué pasa?

—No lo entiendes —le dije, apretando los dientes y con manos temblorosas—. Ayer estuve en el despacho de sir Carew. Estaba trabajando, y él había bebido e intentó tocarme. Cuando me negué, me azotó con un candelero.

Enfield se quedó boquiabierto, y luego cerró la boca con fuerza y se le fueron los ojos a la herida.

—Espero que se vaya directo al infierno, y ojalá su asesino tenga toda la suerte del mundo. —De repente se irguió mucho—. ¿No habrás sido...?

—Yo no lo he matado —le dije a toda prisa.

Acababa de leerle la mente, porque Enfield soltó un suspiro de alivio.

—Vale. No te habría culpado, pero, de todos modos...

Alguien llamó a la puerta. Enfield se levantó para abrir, y Henry se coló en mi habitación.

Me quedé mirándolo como si fuera un fantasma; por las pintas que traía, quizá ya tuviera un pie en la tumba. Tenía el rostro macilento, las mejillas hundidas y unas ojeras negras.

—Dios santo —exclamó Enfield—. ¿Qué diablos te ha pasado, Jekyll?

—Tengo que hablar con Gabriel —dijo Henry—. A solas.

Al oír mi nombre en sus labios sentí un cosquilleo de calor por todo el cuerpo. No había olvidado todo cuanto había ocurrido entre nosotros, pero estaba dispuesto a perdonarlo. Enfield me miró, y yo asentí. Después se marchó y cerró la puerta al salir.

—Llevo meses intentando ponerme en contacto contigo, Henry —le dije, sin saber muy bien por dónde empezar—. Te he escrito. Fui a tu casa…

—Lo sé —contestó Henry.

Se acercó a mí despacio. La ropa le colgaba de los huesos como si no fuera más que palos y pellejo. Parecía no haberse cortado el pelo desde hacía un mes. Se plantó ante mí y se metió las manos en los bolsillos.

—Sir Carew…

Alcé el periódico y le dije:

—El bastón de tu padre sale en la foto. Es el arma del crimen.

Henry alzó las manos y extendió las palmas.

—Baja la voz, por favor.

Ya estaba susurrando, pero bajé aún más el tono.

—¿Sabes quién es el responsable?

Henry se sentó a mi lado. Tenerlo tan cerca despertó un aluvión de emociones en mí. Quería abrazarlo y confesarle lo muchísimo que lo había echado de menos, pero también quería zarandearlo y exigirle explicaciones.

—¿Qué piensas sobre todo este asunto? —me preguntó Henry.

No me miró al hablar; le temblaba la voz.

Decidí apartar a un lado mis exigencias y medité a fondo. El doctor Jekyll era un hombre extraño, sí, pero no un asesino.

—Creo que ha sido Hyde —respondí.

Henry alzó la cabeza de golpe.

Debería habérmelo pensado mejor, pero a Henry siempre le había hablado con franqueza.

—¿Qué probabilidades hay de que otra persona tenga un bastón como el que se empleó para cometer el crimen? ¿Cuánta gente va por ahí con justo esa clase de bastón?

Henry bajó la vista hacia el suelo.

—Eso no lo sabes. Podría haberlo hecho cualquiera.

—Henry —insistí—. Anoche vi a Hyde con ese bastón. Lo vi en su cuarto, en Christ Church.

—¿Estuviste en su cuarto? —preguntó Henry.

—Eh... sí. Creía que estarías allí. —De repente, sentí que tenía que justificarme—. Recibí una carta. Creí que la habías escrito tú porque era tu letra. —Me palpitaba la cabeza—. Me equivoqué. Al llegar, me encontré con Hyde, y tenía el bastón.

La piel de Henry, que normalmente era de un marrón luminiscente, se había vuelto cenicienta y sin vida.

—¿Disfrutas de su compañía?

Aquella acusación me sorprendió. Lo único que siempre había querido era estar con Henry. Me había vuelto loco intentando comprender qué clase de relación mantenía él con Hyde, hasta el punto de ponerme malo solo de imaginármelos juntos, y, al final, había llegado a la conclusión de que la felicidad de Henry me importaba lo suficiente como para no inmiscuirme entre lo que hubiera entre ellos. ¿Y ahora de repente me acusaba él de preferir estar con Hyde?

—No puedes decirlo en serio.

—Lo importante no es lo que creo —respondió cortante—, sino la verdad. —Caminó hasta la puerta—. Has estado en su cuarto y te has reunido con él en el callejón de al lado de mi casa. ¿Creías que no lo sabía?

—¡Fui a esos sitios por ti! ¡Para verte a ti!

Henry negó con la cabeza.

—No sabía cómo se iban a desarrollar los acontecimientos; que al final lo preferirías a él. Qué curioso…

—¿A qué te refieres con «los acontecimientos»? —pregunté. Un pánico repentino se había apoderado de mí—. No antepongo a nadie a ti. Por favor, Henry, sé sincero. Dime qué es Hyde para ti. ¿Es hijo de tu padre? ¿Lo sabe tu madre?

—Para —contestó Henry—. Cometí un error. Lo siento de veras, Gabriel. Ojalá las cosas fueran distintas, pero no lo son. —Se alisó el abrigo, que le venía dos tallas grande—. No te preocupes, me encargaré de que mi padre lidie con Hyde.

Se marchó corriendo de allí, y me levanté para ir tras él, pero las náuseas pudieron conmigo.

—¡Henry! —grité al tiempo que la habitación comenzaba a dar vueltas.

Cerré los ojos y me tumbé. Oí pasos en el pasillo, y el corazón me dio un brinco, pero era Enfield. Volví a hundirme en las mantas.

—Jamás lo he visto correr así. ¿Qué es lo que le has dicho?

De repente caí en algo, y me incorporé aun cuando todos los músculos de mi cuerpo protestaron.

—Tengo que escribir una carta. ¿Puedes buscar a alguien que la entregue? Lo necesito para hoy. Tan pronto como sea posible, pero con discreción. ¿Se te ocurre alguien?

—Sí —contestó Enfield, con expresión de absoluta perplejidad—. ¿Va todo bien?

—No —respondí—. Para nada.

Le pedí prestados papel y pluma a la señorita Laurie y escribí.

Hyde:

Quiero que quede muy claro que solo me preocupo por Henry. Se le ha metido una idea en la cabeza y espero que no sea porque se lo has hecho creer tú. También creo que estás involucrado en la muerte de sir Carew. Dime la verdad. ¿Qué es lo que tramas? ¿Qué papel ocupa Henry en tus planes? Dime cuándo quieres que nos veamos para que respondas a mis preguntas.

No firmé la carta. La metí en un sobre, se la entregué a Enfield y le dije que la hiciera llegar a Christ Church.

Intenté dormir para aliviar las palpitaciones de la cabeza, pero no dejaba de recordar los ojos de Henry, abiertos de par en par. La señorita Laurie me trajo sopa en una bandeja e insistió en que me bebiera una taza humeante de leche. El sabor amargo que sentí me indicó que le había añadido algo a la bebida, y poco después empecé a sentir que perdía el conocimiento.

Cuando al fin pude abrir los ojos, hallé ante mí dos hombres uniformados y a la señorita Laurie, que estaba enfadadísima.

—Es mi casa —dijo la señorita Laurie—. No me gusta que acosen a mis huéspedes.

—Le haremos unas preguntas y nos marcharemos —dijo uno de los hombres.

Me incorporé en la cama. Tan solo sentía un leve dolor de cabeza, y el del ojo también se había atenuado. Estaba desorientado, pero no tardé en darme cuenta de que estaba en mi cuarto, arropado bajo las sábanas.

—Levántese —me dijo el hombre bajito, que apartó las sábanas a un lado, las arrojó al suelo y me tiró del brazo.

—¡No voy a consentir que lo trate de ese modo! —le advirtió la señorita Laurie, pero el policía alto la sacó de la habitación de un empujón y cerró con un portazo.

—¿Pertenecía usted a sir Carew? —preguntó el bajito, que tenía una placa en la que ponía CARLISLE—. Responda.

—No —respondí tajante—. Soy asistente legal en su bufete.

No me gustó que insinuara que pertenecía a sir Carew, y justo por eso me lo había preguntado. Quería que reaccionara de algún modo. El alto, que se llamaba Landry, se adueñó del periódico que se había dejado Enfield.

—Así que ha leído las noticias —me dijo.

Asentí.

—Qué tragedia —respondí, confiando en que la expresión de mi rostro no me traicionara.

—Desde luego —dijo el agente Carlisle—. Un hombre tan honorable no se merece que le den una paliza de muerte en la calle. Por cierto, ¿dónde estuvo usted anoche?

—Aquí —respondí a toda prisa. Si algo había descubierto durante el tiempo que había trabajado para sir Carew, era que él siempre se esperaba lo peor de sus clientes cuando tardaban en responder a una pregunta sencilla—. Al anochecer, al salir del despacho de sir Carew, fui a que me pusieran puntos en la herida y vine hasta aquí.

No tenía mucho sentido obviar la herida y pensé que, si sacaba yo el tema, quizá pudiera contener sus sospechas.

—¿Y cómo se hizo esa herida? —me preguntó el agente Carlisle, como si me hubiera buscado que me hicieran un tajo en la cara.

—Me desmayé en el despacho de sir Carew. No había comido. Perdí el conocimiento y derramé la tinta. Había sangre por todas partes.

Los agentes intercambiaron miradas.

—Sir Carew se enfadó por que hubiera desperdiciado la tinta y por estropearle sus notas —proseguí, llevándome una mano a la cabeza—. Así que le aseguré que repondría el material. Debería tener cuidado y no levantarme rápido si no he comido bastante.

Aquello logró aplacar a los agentes.

—Entonces, ¿no sabe qué fue lo que le ocurrió? —me preguntó el agente Landry.

—Insistió en que fueran a tratarme la herida y me despachó sin añadir nada más. —Me llevé las manos a la cabeza—. Ahora no podré compensárselo nunca. —Fingí que estaba a punto de romper a llorar—. Espero que atrapen al responsable.

—¿Sabe si sir Carew tenía algún enemigo? —preguntó el agente Carlisle.

Tuve que hacer un esfuerzo tremendo por no mirarlo como si acabara de brotarle una segunda cabeza. Pues claro que tenía enemigos. Blandía la ley, su poder y sus privilegios como si fueran un arma. Hasta la gente que lo admiraba lo odiaba.

—Era abogado —respondí—. Imagino que algún enemigo se ganó a lo largo de su carrera.

Al agente Carlisle le cambió la cara, como si de repente se hubiera percatado de la cantidad de sospechosos a los que tendría que investigar.

El agente Landry juntó las manos por delante del cuerpo y miró de reojo a su compañero.

—Tenemos que seguir otros rastros en Christ Church —le dijo. Después se volvió hacia mí y añadió—: Nos vamos, pero avísenos si recuerda algo que cree que podría ayudarnos.

Asentí, pero el corazón me dio un vuelco al oírlo mencionar Christ Church. Ya sospechaban de alguien que vivía allí, y lo más probable es que fuera Hyde.

16

EL LABORATORIO

El brebaje de la señorita Laurie (quien me confesó que le había añadido un poco de ron y unas gotitas de láudano) me mantuvo sumido en una especie de letargo neblinoso hasta tal punto que no me percaté de que ya había pasado el mediodía hasta que los agentes Carlisle y Landry se marcharon de la casa de huéspedes.

Seguía notando la mente como ida, pero no sabría decir si era por la herida o por el brebaje de la señorita Laurie. Me lavé la cara, me vestí, me puse un sombrero para intentar ocultar la herida supurante, y me marché, no sin antes aceptar el rollito de mantequilla que la señorita Laurie me colocó en la mano. Le di unos cuantos bocados y tiré el resto. Las náuseas me revolvían el estómago mientras me dirigía hacia Leicester Square.

Tenía que hablar con Henry. Ahora que, por lo visto, la policía sospechaba de Hyde, la situación era aún más peliaguda que antes. Aunque fuera un monstruo, asesinar a alguien como Carew tendría consecuencias, y si el asesino era un joven negro, podían saltarse cualquier clase de procedimiento y lincharlo directamente, como ya habían hecho con Charles Woodson el año anterior. Woodson no había sido más que un testigo inocente de una pelea entre marineros que se había desatado frente a un pub de Liverpool. De repente, la muchedumbre se había abalanzado a por él y lo había perseguido hasta que este se había arrojado a las aguas del muelle de Queen's Dock, donde lo habían apedreado hasta matarlo mientras él trataba de huir nadando. Aun sin saber si Hyde era o no el responsable del crimen, no quería que sufriera un destino similar.

Lo más extraño de todo era que, si Hyde era responsable del asesinato de sir Carew, no entendía qué le había llevado a cometerlo. Lo que le había contado era estremecedor, sí, pero ¿era eso lo que lo había animado a buscar a sir Carew para asesinarlo? No me debía nada. Nuestros encuentros habían sido extraños e intensos (de hecho, cuando terminaban, siempre me había sentido como si hubiera hablado con un fantasma), pero era evidente que había algo entre nosotros. No sabía qué era. Cierta familiaridad, aun cuando seguía sin conocerlo de nada. Con él me sentía cómodo, eso seguro, pero también me provocaba una inquietud terrible.

Cuando llegué a Leicester Square a última hora de la tarde, subí directamente los escalones y llamé a la puerta. El señor Poole me abrió un instante después.

—Señor Utterson —me saludó.

—No me diga que no está en casa —le advertí—. Es muy importante que hable con él y no puedo esperar.

—El doctor Jekyll me ha ordenado que no deje entrar a nadie mientras estuviera fuera de casa. Se ha llevado a la señora Jekyll a casa de su madre para que se quede con ella una temporada.

—¿Se ha ido la señora Jekyll? ¿No está el doctor en casa? —le pregunté, intentando ver tras él.

—Exactamente —respondió el señor Poole, y abrió la puerta de par en par—. Si entrara cuando me diera la vuelta, técnicamente, no le habría permitido entrar.

Entré corriendo y él cerró la puerta. Le eché un ojo al paragüero, donde había varios bastones y paraguas. Como era de esperar, el del mango con forma de pájaro había desaparecido.

—El señorito Henry está en el laboratorio —me informó el señor Poole.

Con un gesto, me indicó que lo siguiera, y me guio por la casa hasta llegar a la puerta de atrás. Cruzamos el jardín a toda prisa y llegamos a la entrada del laboratorio. Jamás había estado en aquel área de la finca de los Jekyll y, siguiendo los pasos del señor Poole, una inquietud repentina me anegó, como si estuviera adentrándome en una zona en la que no debía. Incluso me pareció que el señor Poole dudaba, puesto que redujo el ritmo y sus pasos empequeñecieron, como si no quisiera seguir adelante.

La entrada al laboratorio era una puerta de metal sin ventana que el señor Poole abrió con una llave que se sacó del bolsillo. Entramos en un vestíbulo estrecho en el que apenas había luz. Todas las ventanas estaban cerradas. Un fino haz de luz solar se colaba a través de una grieta en uno de los tablones de madera. No había nada en el vestíbulo, salvo una mesita con una vela y una caja de cerillas. El señor Poole prendió la mecha y varias sombras danzarinas brotaron a nuestro alrededor.

—No puedo entrar en el laboratorio —me dijo el señor Poole—. Solo tengo la llave de la puerta que acabamos de cruzar, pero aquí es donde el doctor Jekyll, el joven maestro Henry y Hyde pasan casi todas las horas del día.

Seguí al señor Poole por un pasillo corto y estrecho. Al final nos topamos con otra puerta sin ventanas. De repente, al señor Poole se le cortó la respiración durante un instante y se detuvo frente a la puerta. Llamó, pero no obtuvo respuesta.

Volvió a llamar.

—Señorito Henry, tiene visita.

—Le dije que no me molestara —gruñó Henry.

Di un paso hacia la puerta.

—Soy yo, Henry. Gabriel.

Se produjo una pausa, y luego cierto alboroto.

—Discúlpenos, señor Poole —dijo Henry, cuya voz sonaba mucho más cerca de la puerta.

El señor Poole me entregó la vela, dio media vuelta y se marchó.

—Abre la puerta —le dije—. Tenemos que hablar de Hyde.

—Pero si ya lo hemos hecho —contestó Henry—. ¿Qué más hay que hablar?

—Abre la puerta, por favor.

Tras una larga pausa, oí varios *clics*. Los pasos de Henry se alejaron, y entonces abrí la puerta empujándola.

Jamás había visto algo parecido al laboratorio del doctor Jekyll. Como es evidente, durante mi formación académica había visto otros laboratorios, por lo que reconocía ciertos objetos: probetas, matraces, líquidos de toda clase de colores, estanterías repletas de libros…

Lo que más me sorprendió del laboratorio del doctor Jekyll fue el desorden. La organización en aquellos espacios era fundamental, y era una de las primeras cosas que nos enseñaban en Química: «Hay que mantener el orden, de lo contrario, pueden producirse errores letales». Sin embargo, allí no había ninguna clase de orden, sino más bien todo lo contrario. Había numerosos viales y matraces apelotonados sobre las mesas, varias libretas abiertas, embudos y balanzas, botellas de cristal y tapones de corcho. Había instrumentos por todas y cada una de las superficies. Había pilas de papeles en el suelo y en la pared se apoyaba una pizarra enorme cubierta de ecuaciones tan avanzadas que me resultaba imposible interpretar.

Henry había tomado asiento en un taburete apartado, junto al fuego abrasador de una chimenea. Tenía varias mantas arrugadas junto a los pies, como si alguien hubiera estado durmiendo ahí hasta hacía poco. También había un gran espejo en la pared.

—Henry, ¿qué estás haciendo aquí? —le pregunté.

—Estamos en el laboratorio de mi padre —respondió con un tono carente de emoción—. Aquí es donde libera toda su genialidad.

—¿Su genialidad?

—Mi padre es un genio —respondió.

—Lo sé. No quería insinuar lo contrario.

Henry siempre había idolatrado a su padre y lo admiraba.

—Ya imagino que no —me contestó, una vez más, sin cambiar el tono ni la entonación; ni siquiera le cambió la expresión del rostro.

Algo ocurría. Henry había cambiado, aunque no entendiera en qué. Ya no solo era que estuviera escuálido y que tuviera los ojos hundidos, sino que había algo más… Algo que no lograba identificar.

—Tenemos que hablar de Hyde —le dije.

Henry se removió en el taburete.

—Puedo asegurarte que ya me he encargado de él. Se ha ido, y no creo que vuelva.

—¿Cómo que se ha ido? —le pregunté confundido—. ¿Tan rápido ha conseguido un pasaje? ¿A dónde ha ido?

—Eso no importa —contestó Henry.

—¿Es culpable entonces?

La impresión que daba era que, si había abandonado la ciudad, estaba involucrado en el asesinato y había tratado de huir de las consecuencias inevitables.

—No puedo juzgarlo —respondió Henry mientras estiraba el brazo hacia su abrigo y sacaba una carta—. Ha llegado con el correo de la mañana.

Me acerqué a él despacio y me adueñé de la carta. La abrí y leí la nota escrita con una caligrafía esmerada. Estuve a punto de devolvérsela a Henry porque pensé que se había equivocado de carta... Estaba escrita con su letra.

Pero entonces me fijé bien.

No. No era su letra, pero se parecía bastante.

Querido Henry:

Me he marchado y no pienso volver. Bastantes conflictos he desatado ya. Lo siento. Lo único que quería era ayudarte. Necesitas volver a estar entero, Henry. Espero que algún día puedas estarlo.

Hyde

No entendía nada.

—¿De verdad se ha ido?

—¿Te molesta? —inquirió Henry—. Ya te pregunté si te habías encariñado de él, pero ahora veo que mis sospechas no eran infundadas. No pasa nada —añadió, sonriente, pero torció la boca como una marioneta, pues era una sonrisa tensa y falsa que contradecía ese «no pasa nada»—. Quiero que seas feliz. ¿Crees que puedes serlo, Gabriel?

—No sé de qué me estás hablando —le contesté—. ¿Por qué te comportas así? Ya te dije que lo único que siento por Hyde es curiosidad, no cariño. Solo me importas tú.

—Somos amigos —respondió Henry.

Fue como si me hubiera cruzado la cara.

—Claro que somos amigos, pero... creía que...

—Ya basta, mi querido Gabriel —me dijo Henry, tomándome de los hombros—. Olvidemos el pasado. Seamos buenos amigos, nada más que amigos.

El mundo entero se me vino encima al tiempo que se me rompía el corazón.

Siempre había esperado que pudiéramos empezar de cero, pero la esperanza brotaba de mí como un río de lágrimas incontenibles.

—¿Es lo que quieres? —le pregunté, ahogándome con un sollozo.

Observé la mirada fija de Henry. No había lágrimas en sus ojos, ni tristeza, ni tampoco la desesperación que me hurgaba la piel y que se enterraba en lo más hondo de mi ser.

—Es lo que he querido siempre —respondió, inclinándose hacia mí.

La palpitación de los oídos hizo que me doliera la cabeza. Retrocedí como si me hubiera golpeado y, aunque no lo había hecho, me había infligido una herida más dolorosa que la que me había infligido sir Carew en el cráneo.

Di media vuelta y salí corriendo, tan rápido como mis temblorosas piernas lo permitieron. Henry no vino tras de mí, pero, cuando salí, cerró la puerta con llave.

Me quedé en el vestíbulo oscuro y, sin la vela, la oscuridad se me tragó entero.

Salí a trompicones al jardín, donde me aguardaba el señor Poole. Cerró la puerta, me agarró del codo y me condujo hacia el interior de la casa. Una vez allí, me obligó a tomar asiento.

—Tranquilícese, señor Utterson —me dijo, apoyándome una mano en el hombro—. ¿Qué ha ocurrido?

—Hyde se ha ido —respondí.

Una de las mujeres de la cocina asomó la cabeza, pero el señor Poole le hizo un gesto para que se fuera.

—¿Se lo ha dicho el señorito Henry? —preguntó el señor Poole.

Me di cuenta de que aún tenía la carta en la mano. Se la entregué al señor Poole y la leyó.

El rostro le empalideció.

—¿De dónde la ha sacado?

—Henry me ha dicho que ha llegado esta mañana con el correo.

—No es verdad —respondió el señor Poole, y me devolvió la carta—. He recogido el correo esta mañana, y esta carta no estaba. Además, ¿la letra no se parece a la del señorito Henry? ¡Venga ya, señor Utterson! ¡Aquí está pasando algo muy feo!

—¡*Shhhh*! —siseó la mujer desde la cocina.

El señor Poole bajó la voz.

—Lo siento, pero esta carta viene de la propia casa, y sospecho que el señorito Henry y el señor Hyde son los artífices de esta treta.

—¿De qué treta habla? —le pregunté—. Hyde es hijo del doctor Jekyll, ¿no?

Al señor Poole le cambió la cara.

—Es una acusación muy grave, señor Utterson, y le agradecería que no volviera a mencionar el tema… en mi presencia o, ya puesto, ante cualquiera.

El señor Poole llevaba veinte años trabajando para los Jekyll. Si alguien sabía la verdad, ese era él, pero la mera idea le parecía una ridiculez. Para él, aquello era imposible.

—Lo siento —le dije—. Es que como se parece tanto al doctor Jekyll… ¿No le parece?

Pero el señor Poole no dijo nada.

Me puse en pie y me guardé la carta en el bolsillo.

—Tengo que irme —le dije, y, tras asentir, el señor Poole se sentó en mi silla, y se llevó las manos a la cabeza.

Salí a la calle y el aire frío y vigorizante me llenó los pulmones. Era imposible que las circunstancias no me abrumaran. Hyde se había ido, Carew había muerto y Henry había cambiado de un modo que me hacía daño y me confundía a la vez. Debería haberme desentendido del tema, pero no podía.

Acaricié la carta que guardaba en el bolsillo. Debía averiguar una cosa, y la carta, escrita de puño y letra de Hyde, me ayudaría a descubrirla.

17

EL ASUNTO DE LAS CARTAS

En el Colegio de Medicina de Londres se estudiaban toda clase de disciplinas. Para poder ejercer la medicina, los estudiantes aprendían a catalogar los instrumentos quirúrgicos con la esperanza de, en el futuro, convertirse en cirujanos. Los alumnos aprendían cómo eran y cómo funcionaban los órganos, y lo mismo con el sistema musculoesquelético. Si alguien se interesaba por la disciplina farmacéutica, debía iniciar los estudios de composiciones químicas. El doctor Jekyll había estado a cargo de estas últimas clases, y Henry y yo habíamos asistido a ellas embelesados.

Cuando me echaron del Colegio, averigüé que existía un lugar parecido para la gente que quería estudiar los entresijos del derecho antes de comenzar los estudios formales. También había departamentos dedicados al estudio de otras disciplinas, entre las que se incluía el análisis grafológico. Solo conocía a una persona que fuera un experto en aquel campo.

El señor Guest era un experto en análisis grafológico, como ya había demostrado al trabajar con sir Carew en el caso del señor Hopkins. Por eso acudí a él para que me ayudara a confirmar mis sospechas: que Henry había falsificado la carta de Hyde para ayudarlo a encubrir el crimen. No comprendía sus motivos, pero mi instinto me decía que debía empezar por ahí.

Me encontré al señor Guest en su despacho de Belgrave Square. La campanita que había sobre la puerta sonó cuando la abrí. El señor Guest estaba jorobado frente un amplio escritorio, con un par de lentes de aumento enganchadas en el puente de la nariz. Frente a él yacían varios documentos escritos a manos.

—¿Puedo ayudarlo? —me preguntó sin alzar la vista.

—No sé si se acuerda de mí. Soy Gabriel Utterson.

Entonces alzó la vista.

—Usted es el asistente de sir Carew. Bueno… lo era.

Asentí.

—Sí, señor.

—Teniendo en cuenta que ha fallecido, no creo que haya venido a ofrecerme trabajo. —Después se encogió de hombros—. La última vez que precisó de mis servicios me pagó la mitad del precio acordado.

—He venido por cuenta propia —respondí.

—¿Por un asunto legal?

Escogí mis palabras con mucho cuidado.

—No, pero sospecho que un amigo mío puede estar metido en un lío. Necesito saber quién escribió esto —le dije, sacándome la carta del bolsillo.

—No trabajo gratis —respondió el señor Guest—. Sin embargo, teniendo en cuenta que el viejo tacaño ha muerto, me siento bastante generoso. Echémosle un vistazo.

Me acerqué a su escritorio y le tendí la carta de Hyde.

—Necesito algo con lo que compararla —me dijo.

Siempre llevaba la carta de Henry, esa en la que hablaba de lo que haríamos en el futuro y lo muchísimo que le importaba, en el bolsillo interior de la chaqueta, pero dudé.

Guest me miró con los ojos entrecerrados.

—¿Es posible que ese otro documento contenga información delicada?

Asentí sin mirarlo a los ojos.

—Soy un profesional —me dijo el señor Guest—, y he visto cosas escritas que le harían desear no saber leer.

—No es nada por el estilo —le dije, aunque sentí que intentaba tranquilizarme—. Es una carta de amor que me escribieron.

—Ay, el amor —repitió el señor Guest, dando una palmada para darle un énfasis dramático a sus palabras—. Le garantizo que no es nada que no haya visto antes.

Extendió la mano, con la palma hacia arriba, y le entregué la carta de Henry.

El señor Guest apartó todos sus documentos y colocó las cartas una junto a la otra. Primero repasó las primeras palabras de la carta de Henry.

—¿Y qué es lo qué quiere saber exactamente? —me preguntó.

—Necesito saber si las escribió la misma persona.

El señor Guest asintió y se acercó para examinar los trazos de las letras, sin dejar de murmurar para sí mismo.

—El trazo del palo largo de la «R» está hacia arriba. No es habitual. En lo alto de la «O» hay un circulito. Y en cuanto a las barras que conectan las astas… —Pegó tanto la nariz que prácticamente rozaba el papel—. ¿Ve esto? —me preguntó, y tomó una pluma sin tinta y, con la punta seca, me indicó dónde mirar.

—¿Qué es lo que debería ver? —pregunté, observando la carta.

—La manchita de tinta que hay en la última letra de la palabra, y este punto tan grande y desproporcionado. Quien escribió esta carta hizo una pausa aquí antes de continuar. La escribió con mucho esmero.

Sentí que me sonrojaba, pero el señor Guest no se dio cuenta porque tenía la atención fija en la carta de Hyde.

—La escritura es muy parecida —concluyó, repasando las letras—. Sí, las ha escrito la misma persona, aunque ha hecho todo lo posible por disimularlo.

Se me cayó el alma a los pies. Henry había falsificado la carta, y ahora no tenía forma de saber si Hyde se había marchado de veras.

Metí las manos en el bolsillo y negué con la cabeza, pero rocé algo con los dedos que había olvidado que estaba ahí: la nota de Hyde en la que me pedía que me reuniera con él en Christ Church. La saqué, la observé durante un instante y luego la dejé junto a las otras dos cartas.

—¿Y qué hay de esta? —pregunté.

Había estado tan seguro de que era la letra de Henry que, cuando Hyde me confesó que la había escrito él, había creído que mentía.

El señor Guest examinó las distintas cartas y, tras varios minutos de silencio, tan solo interrumpidos por gruñidos y murmullos, se recostó en la silla y soltó un bufido.

—¿Qué pasa? —pregunté.

Se quitó las lentes de aumento y se puso unas gafas redondas.

—Estos tres documentos los escribió la misma persona.

—Sé con certeza que esta —le dije, tocando la nota que Hyde había reconocido haber escrito—, la escribió otra persona.

Pero el señor Guest negó con la cabeza.

—No. La escribió la misma persona que escribió las otras dos, pero lo hizo con la mano izquierda.

—¿Qué?

—¿Sabe si esta persona es ambidiestra? —me preguntó el señor Guest—. No es nada frecuente escribir con tanta facilidad con ambas manos.

—No… no, esta nota la escribió otra persona.

—¿Quién es aquí el experto? —me preguntó, girándose hacia mí—. ¿Usted o yo?

—Usted, claro, pero… sé quién la escribió. Él mismo reconoció haberla escrito.

—Pues lamento informarle de que le han mentido, señor Utterson. ¿Tiene alguna especie de rencilla con estas dos personas? ¿Les gusta hacerle quedar como un tonto?

Tomé los tres documentos y me los guardé en el bolsillo de la chaqueta.

Hyde sabía imitar la letra de Henry, y Henry sabía imitar la de Hyde. Aquello no tenía sentido.

—¿Es posible que dos personas aprendan a imitar su caligrafía, que se les dé igual de bien falsificar la letra del otro?

El señor Guest rio con sorna.

—Es prácticamente imposible que alguien logre falsificar la letra de otra persona, por no decir absolutamente imposible.

—Gracias por su tiempo —le dije—. Creo que he cometido un error.

El señor Guest se recostó en la silla.

—¿Seguro que son dos personas distintas?

Asentí.

—No me cabe la menor duda.

—A veces, la gente que está emparentada tiene una letra muy parecida —me explicó—. Tendrían que haberlos educado a la vez desde muy jóvenes, pero…

aun así, no explicaría lo parecidos que son estos documentos.

—Creo que puede que sean hermanos —le dije.

El señor Guest se quedó pensativo durante un instante, pero luego negó con la cabeza.

—No. Eso no lo explicaría.

No había mucho más que decir.

—Lamento haberle hecho perder el tiempo.

—No pasa nada —me dijo—. Teniendo en cuenta que seguramente sir Carew esté más tieso que un palo en la mesa de una funeraria, usted se ha quedado sin trabajo.

Alcé la mirada.

—Me pagaba una miseria, y encima mi familia tuvo que pagarle a él por la oportunidad que me había ofrecido.

El señor Guest se quedó estupefacto.

—La esclavitud se abolió en Gran Bretaña en 1833, y la esclavitud encubierta como formación profesional en 1840.

—Creo que sir Carew lo sabía mejor que nadie —respondí—, pero le daba igual, y encontró el modo de hacerlo.

El señor Guest puso los ojos en blanco y dejó las gafas sobre la mesa.

—¿Le gustaría tener un trabajo de verdad? ¿Con un sueldo? ¿Un trabajo donde no tenga que soportar las miradas ceñudas de un animal?

Me costaba creer lo que me estaba diciendo.

—Estuve trabajado un mes para sir Carew tras acabar los estudios —me dijo el señor Guest, que se giró hacia mí y me miró directo a los ojos—. Quizá quiera brindar por que haya tenido una espantosa muerte y, más adelante, darle un par de vueltas a mi oferta y comunicarme lo que haya decidido.

Extendió la mano hacia mí y se la estreché. El señor Guest volvió al trabajo y me marché de su despacho envuelto en una nube de confusión. Quería ir corriendo a ver a Henry para contarle lo que había pasado…, pero aquel pensamiento trajo consigo un pesar desconcertante.

Henry se estaba alejando de mí, y descubrir que quizás hubiera escrito las tres cartas, y que a lo mejor Hyde estuviera al corriente, era insoportable. No tenía ningún sentido que hubiera hecho algo así. Hyde había admitido que era él quien había escrito la nota que me había conducido hasta su cuarto de Christ Church, pero quizás, en realidad, todo hubiera sido obra de Henry.

18

LA CACERÍA DE HYDE

EN BUSCA Y CAPTURA
PARA INTERROGARLO POR LA MUERTE
DE SIR DANVERS CAREW

HYDE

La investigación y la autopsia han sacado a la luz que sir Danvers Carew fue asesinado a conciencia. Las autoridades buscan a un hombre que se llama Hyde. Se desconoce la edad del sospechoso, pero no aparenta más de veinte años y mide casi metro ochenta. Su rasgo más característico es que tiene el pelo blanco. Se cree que es extremadamente peligroso.

Han transcurrido cuatro semanas desde que se cometió el asesinato y la investigación se halla en un punto muerto. Los inspectores del Departamento de Investigación Criminal de Londres piden que cualquiera que posea información sobre el caso evite una confrontación directa con el sospechoso. Se ruega a la ciudadanía que se mantenga alerta y que informe a las autoridades si lo ve.

De acuerdo con la opinión general, Hyde era un monstruo sediento de sangre que había asesinado a sir Carew preso de un ataque de ira incontrolable. Quizá fuera cierto, pero, por el modo en que hablaban los periódicos, parecía que Hyde estaba acechando entre las sombras y que iba a atacar de un momento a otro si no lo apresaban antes. Habían rastreado el origen del arma homicida hasta llegar al doctor Jekyll, quien afirmó que Hyde, que trabajaba como ayudante en su laboratorio, se lo había robado.

Henry cortó toda relación conmigo. No hubo más cartas ni visitas. Nada de nada. Yo tampoco acudí a él. Mantuvimos la distancia porque… ¿qué nos quedaba por decirnos?

Acepté la oferta del señor Guest y me entregué al trabajo. Mi padre tan solo se mostró un poco más decepcionado de lo habitual cuando se lo comuniqué. Ya no tenía que pagarles a sir Carew ni a sir Hastings, y con el señor Guest ganaba lo suficiente como para poder permitirme prolongar mi estancia en la casa de huéspedes durante la primavera, a pesar de que la señorita Laurie se empeñaba en no aceptar mi dinero.

Sin embargo, no podía hacer oídos sordos a la situación. No del todo. Los rumores sobre los supuestos crímenes de Hyde corrían por doquier. Varias personas de distintas áreas de la ciudad afirmaban haberlo visto, y la información sobre estos avistamientos fue volviéndose cada vez más extraña. Una mujer que vivía cerca de los muelles dijo que lo había visto merodeando en busca de niños a los que secuestrar. Un hombre del East End afirmaba que había visto a Hyde brincando de un tejado a otro bajo el resplandor de la luna, como si fuera una criatura sobrenatural. Cada una de las afirmaciones falsas lo convertía en un ser más monstruoso de lo que ya era.

Pese a que yo mismo me hacía toda clase de preguntas sobre Hyde y sobre su relación con Henry y el doctor Jekyll, no me creía ni la mitad de lo que afirmaba la gente. Si de verdad había asesinado a sir Carew (y yo estaba convencido de que lo había hecho), temía que lo hubiera hecho solo por mí. Inconsciente de mí, había acudido a él después de que sir Carew me agrediera. Hyde se había mostrado alterado ante la brutalidad del ataque, pero, aun así, no comprendía por qué había sentido la obligación imperiosa de defenderme..., tan imperiosa como para quitarle la vida al hombre que me había atacado.

Intenté olvidarme de aquellas preguntas y de las otras miles que tenía por todos los medios posibles. El trabajo me ocupaba casi todo el tiempo y requería mucha concentración, y yo estaba la mar de contento de entregarme a él. Aparte de eso, lo único que me distraía era el nuevo vínculo que había hallado en mi querido amigo Lanyon. Había estado enfermo desde hacía un tiempo y me había pasado casi todas las tardes con él en su casa. Allí paseábamos por el jardín, o me dedicaba a jugar con sus hermanas pequeñas mientras él nos observaba desde un banco.

Cuando comenzó a sentirse mejor, nos invitó a Enfield y a mí a, según él, una cena con unos pocos amigos íntimos. Cuando llegamos, Enfield se maravilló al ver que la casa estaba abarrotada de invitados. A mi primo le encantaban las fiestas y, aunque yo era más de encerrarme en mi cuarto con un buen libro, tenía muchas ganas de ver cómo estaba Lanyon.

Enfield vio a un grupo en el jardín jugando a mímica y se unió a él. Yo, mientras tanto, le di sorbos a una sidra y escuché a un músico que interpretaba melodías animadas con el violín. En un momento dado en que el músico afinó el instrumento y dio varios golpecitos con el pie para iniciar la siguiente canción, una mano cayó sobre mi hombro y solté un grito ahogado. Al darme la vuelta, me encontré a Lanyon sonriéndome.

—Me alegro mucho de que hayas venido —me dijo. Le patinaba un poco la lengua; estaba claro que había estado disfrutando de la fiesta, quizá demasiado—. Me estaba aburriendo sin ti.

—¿Que te aburrías? ¿Con la casa llena de invitados?

—Esta gente solo ha venido para presumir de que ha asistido a una fiesta en la famosa finca de los Lanyon —respondió, y dio un paso tambaleante hacia atrás.

—¿Y qué te hace pensar que no he venido por el mismo motivo? —le pregunté, tomándolo de los brazos para que no perdiera el equilibrio.

—¡Lo sabía! —exclamó, haciéndose el herido y llevándose una mano al pecho—. En verdad no me soportas. Me has engañado para que te invitara a una de mis famosas fiestas.

Bromeaba, pero sus palabras me dolieron. Jamás me habría comportado de una manera tan superficial. A pesar de su confusión, debió fijarse en que me cambió la cara, porque de repente me dio un fuerte abrazo.

—Mi querido Utterson, perdona, la bebida me afecta rápido y acaba con mi buen juicio.

Se apartó de mí, pero nuestras caras seguían muy juntas. El aroma dulce del vino blanco le impregnaba la lengua, y las mejillas se le sonrojaban, acentuando su piel marrón cálido.

—A lo mejor deberías sentarte —le sugerí.

—A lo mejor debería quedarme aquí y mirarte —me contestó Lanyon—. Siempre te has portado como un buen amigo, Utterson. Qué tonto he sido por no haberlo visto antes.

—¿El qué? —le pregunté.

—A ti —contestó.

Bajé la mirada hacia el suelo.

—Te estoy avergonzando —dijo Lanyon entonces—. Lo siento.

—No, es solo que me siento halagado.

Cuando volví a alzar la vista hacia Lanyon, me fijé en que no apartaba la mirada de la entrada, que estaba a mi espalda. Reparé entonces en que las conversaciones animadas se habían atenuado. Seguí su mirada y, justo en la puerta, vi a la última persona con la que esperaba encontrarme esa noche.

Henry.

Lanyon dejó escapar un suspiro y se alejó de mí. Tras un revuelo de susurros que recorrió la multitud, la gente se olvidó de Henry y volvió a centrar la atención en las copas y en los bailes. Yo no pude.

Nuestras miradas se encontraron desde los extremos de la sala, y Henry vino directo hacia mí. Ya no tenía el rostro tan macilento, pero seguía teniendo los ojos hundidos y la mirada triste.

—Señor Utterson —me saludó.

Estuve a punto de encogerme al oír mi apellido en sus labios. Casi nunca me había llamado por el apellido, y jamás lo había antecedido de un «señor».

—Me alegro mucho de verlo, viejo amigo —prosiguió.

—¿De verdad? —le pregunté, incapaz de contenerme—. Hace semanas que no sé nada de ti, y ¿ahora te alegras de verme?

El rostro de Henry mudó a una máscara de confusión.

Lanyon apoyó el hombro contra el mío. A Henry se le fueron los ojos hacia él, pero luego volvió a mí con expresión inescrutable. No podía ignorar su aspecto: su piel, de normal marrón, tenía un color ceniciento, los capilares rojos le cubrían el blanco de los ojos y también tenía los labios secos y cortados.

—Me alegro mucho de verlo —repitió, exactamente con el mismo tono que ya había empleado, como si estuviera leyendo un guion y no como si lo dijera con sinceridad.

—¿Te encuentras bien? —le preguntó Lanyon, con cierto tono de irritación—. ¿Necesitas sentarte?

Henry negó con la cabeza.

—Estoy mejor que nunca. Todo el mundo dice lo mismo.

—¿Qué? —pregunté, confundido—. Henry, nadie te ha visto el pelo.

—De hecho, si te vieran, dudo mucho que dijeran que estás mejor que nunca —añadió Lanyon, que ni siquiera intentaba disimular el desdén—. ¿Quieres un poco de bálsamo de labios? ¿Un poquito de agua?

Henry giró la cabeza con brusquedad hacia ambos lados, y sonrió de un modo que me dieron ganas de echarme atrás. Tenía los ojos sin brillo y vidriosos.

—¿Te gustaría sentarte conmigo? —le pregunté, con voz dudosa.

Lanyon soltó un bufido y tomó asiento en un diván. Henry se sentó en un sillón orejero junto a la chimenea mientras la multitud se movía a nuestro alrededor, disfrutando de las copas y del júbilo.

No sabía qué decirle a Henry. Había intentado apartarlo de mi mente, pero habría sido un tonto si hubiera creído que podía seguir así eternamente. Aun sentado en la silla más cercana a él, sentí aquella agitación familiar en el estómago. Pese al nuevo y extraño estado en el que se hallaba nuestra amistad (si es que eso era lo único que él quería que fuéramos: amigos), el recuerdo de sus abrazos persistía en cada fibra de mi ser. Los recuerdos llegaron como una riada y me recordaron que, durante mucho tiempo, el cariño de Henry era lo único que me había mantenido a flote.

Pero al ver que Henry evitaba mirarme y que tenía el cuerpo girado para alejarse de mí, los cálidos recuerdos cesaron y se vieron reemplazados por una pena asfixiante que entró en mi cuerpo como la marea alta.

—¿Cómo has estado? —le preguntó Henry a Lanyon. Lanyon enarcó una ceja.

—He tenido días mejores —respondió, apoyando la espalda en el reposabrazos del diván y cruzando las piernas—. Los médicos me dicen que por ahora voy a tener que guardar cama.

—¿Y por qué has organizado una fiesta? —preguntó Henry.

—Para despedirme de la diversión —contestó Lanyon—. Quería despedirme por todo lo alto —añadió, tirándose del cuello de la camisa, como si le apretara.

—¿Qué haces tú aquí? —le pregunté a Henry—. Creo que jamás te he visto en uno de estos encuentros.

—¿No? —preguntó Henry, como si no lo tuviera muy claro, y luego se encogió de hombros—. He decidido pasar página. Empezar de cero y esas cosas...

Parecía tan frágil como si estuviera hecho de papel. Me agarré las manos para contenerme y no tocarlo.

—¿Y cómo está tu padre? —preguntó Lanyon.

—Bien, bien —contestó Henry—. Trabajando. Está tan ocupado que no tiene tiempo para nada. La mayoría de las noches me toca recordarle que tiene que cenar.

—¿Y en qué está trabajando? —preguntó Lanyon—. ¿Lo hace en casa? ¿Le pagan?

Lanyon era muy directo, y a Henry parecía ofenderle.

—Lo que hace en su laboratorio no te incumbe —saltó Henry.

Lanyon lo observó de la cabeza a los pies, como midiéndolo con la mirada, y luego se rio.

—Ay, Jekyll, la ciencia marginal a la que se dedica tu padre en ese laboratorio viejo y cubierto de polvo no me importa lo más mínimo.

Henry se irguió y empujó la silla hacia atrás.

—¿Marginal? —preguntó enfadado—. Nadie del campo al que se dedica mi padre se atreve a llevar a cabo el trabajo que está haciendo él. Su trabajo revolucionará el mundo.

—¿En qué sentido? —preguntó Lanyon, que se inclinó hacia delante pero no se levantó.

—Tu padre está muy orgulloso de ti —comentó Henry de repente—. Qué suerte tienes. No todo el mundo cuenta con ese privilegio.

Lanyon parecía tan confundido como yo. El padre de Henry era un hombre muy inteligente que había alcanzado toda clase de logros. También era muy estricto con Henry, pero jamás me había dado la impresión de que no quisiera a su hijo. Más bien al contrario, diría yo; el doctor Jekyll estaba obsesionado con que su hijo tuviera éxito. Lo presionaba para que aprovechara todas las oportunidades posibles.

—Tu padre te quiere, Henry —le dije.

Henry me miró de reojo.

—Pues claro. Por eso se ha entregado en cuerpo y alma a su proyecto.

—¿Qué proyecto? —pregunté, alzándome para encararme a él.

En esa ocasión, estiré el brazo y le toqué la mano, pero Henry la apartó corriendo.

—No ha sido buena idea venir —dijo—. Debería irme.

Dio media vuelta y se dirigió hacia la puerta.

Fui tras él.

—Henry, espe…

Echó a correr hacia la calle y lo perseguí. Había varios carruajes alineados junto a la calle con los caballos atados a los postes. La mayoría de los invitados de Lanyon estaban en la finca, pero aún quedaban algunos que paseaban por allí, mecidos por la brisa fresca de la noche. Me acerqué con cuidado a Henry, que se había quedado observando el cielo y cuyo aliento formaba nubes gruesas.

—Ojalá lo entendiera —me dijo Henry en voz baja—. Ojalá lograra que lo viera.

—A lo mejor lo haría si me dirigieras la palabra —le dije—. Dime qué es lo que pasa. ¿Qué está haciendo tu padre? ¿Qué quieres decir con que revolucionará el mundo?

A Henry se le escapó una risa ligera.

—Me he explicado mal. Lo que quería decir es que lo que intenta llevar a cabo revolucionará su mundo.

—Sigo sin entenderlo.

Rodeé a Henry para poder mirarlo a la cara, pero él mantuvo la vista hacia el cielo. En la mano derecha sostenía un frasquito de cristal que contenía un líquido morado oscuro. Cerró la boquilla a toda prisa con un tapón de corcho y se lo metió en el bolsillo.

—¿Henry?

Dejó escapar un suspiro, y me fijé en que tenía los labios teñidos de morado.

—No debería mirar a Lanyon con esos ojos —me advirtió Henry—. Ni tampoco a mí.

De repente se me formó un nudo en la garganta y la rabia bulló en mi interior.

—No necesito que me digas a quién puedo mirar y a quién no, ni tampoco cómo hacerlo. Cuando miro a Lanyon, me devuelve la mirada. No me hace sentir que he cometido un acto imperdonable solo por que me preocupo por él.

Henry mantuvo el rostro impasible.

—¿Qué te ha pasado? —exigí saber—. Necesito saber por qué te has alejado de mí. Tú no eres así. No eras así.

—He cambiado, señor Utterson. Quizás algún día usted también quiera cambiar.

Aquello desató mi rabia.

—No. No quiero cambiar. Y no es solo que te hayas alejado de mí, Henry, es que te muestras frío y me menosprecias. ¡Actúas como si no estuviera delante de ti abriéndome el pecho para mostrarte el corazón! —Tuve que detenerme y recobrar la compostura porque algunos de los invitados de Lanyon nos observaban desde las largas sombras que proyectaban las farolas—. Has cambiado, Henry. ¿Es que no te das cuenta? Y quiero saber el porqué.

—He cambiado —reconoció—, pero para mejor.

—¿Para mejor? ¿Crees que tratarme como me tratas es un cambio para mejor?

Henry suspiró y me dedicó una mirada tan lastimera que me quedé sin palabras.

—No le trato de ningún modo, señor Utterson. Sencillamente le trato como debería haberlo hecho desde el principio: como un amigo. Nada más que un amigo.

Aquellas palabras me hirieron, pero aquel no era el tema que estábamos tratando.

—Pues claro que quiero que seamos amigos, pero ¿dónde has estado? ¿Por qué te has aislado? ¿Qué es lo que ha cambiado entre las cartas que me enviabas en verano y la persona que eres ahora? ¿Dónde está Hyde?

Algo llameó en los ojos de Henry al oír el nombre de ese otro chico.

—Entiendo que se pregunte dónde está, pero no puedo decírselo porque no lo sé. Lo que sí sé es que se ha ido, y que se ha llevado consigo toda su imprudencia. Espero que no vuelva nunca.

No había motivos para creer que las autoridades fueran a detener a Hyde. No había noticias suyas, y la ciudadanía comenzaba a olvidar su imagen y su historia amarillista. Los supuestos actos de Hyde me habían librado de las garras de sir Carew. Era un crimen espantoso, sí, pero una parte de mí se lo agradecía.

—Tengo que irme —dijo entonces Henry—. Cuídese, señor Utterson.

Se alejó por la calle y desapareció entre la densa niebla nocturna. Quizá Hyde se hubiera marchado para no volver nunca, pero, por lo visto, el Henry al que yo conocía, mi Henry, también se había ido.

19

El secreto
de Lanyon

Tres semanas más tarde estaba sentado frente a mi escritorio en el despacho del señor Guest con una carta en la mano. No era de las que había que analizar con lupa. No. Aquella era una carta personal. El remitente era de Cavendish Square, y el mensajero me la había entregado aquella misma mañana.

La abrí y leí las palabras temblorosas.

Gabriel:

Ven a verme de inmediato. Es importantísimo. No le digas a nadie a dónde vas y quema esta carta una vez la hayas leído.

Quiero hablarte de nuestro amigo H.
Temo que no me queda mucho tiempo.
Por favor, date prisa.

Lanyon

En cuanto terminé con el trabajo de la jornada, fui directo a casa de Lanyon con la sensación de tener una piedra en el estómago. Las semanas que habían transcurrido desde la fiesta de Lanyon no habían sido buenas: no dejaba de pensar en Henry y en el modo en que se había comportado aquella noche, pero, sobre todo, pensaba en cómo era Henry cuando nos habíamos conocido. El cambio había sido tan drástico que apenas lo reconocía ya. No éramos amigos que se habían alejado o que ya no se necesitaban el uno al otro porque habían madurado. Henry actuaba como si un día hubiera despertado y hubiera decidido que nuestro pasado, que todo el tiempo que habíamos pasado juntos y todo cuanto compartíamos, no tuviera ningún valor.

Llegué a la puerta de Lanyon y llamé. Una mujer alta y esbelta, de barbilla pronunciada y ojos estrechos, abrió. Jamás la había visto, pero parecía lo bastante mayor como para ser la madre de Lanyon.

—Soy Gabriel Utterson. He venido a ver a Lanyon, señora.

—Lo está esperando —contestó ella, y dio media vuelta y me hizo un gesto para que la siguiera.

En la casa reinaba un silencio inquietante, tan solo interrumpido por un sonido extraño que provenía de la segunda planta. Era un sonido espantoso, como el del vapor que escapa de una tetera, solo que en vez de un pitido sonaba un chirrido seco que no cesaba en ningún momento.

Cuando la mujer me condujo por las escaleras, la puerta principal se abrió y las hermanas pequeñas de Lanyon entraron en la casa. Iban vestidas de negro, y su cháchara habitual y cargada de emoción se había visto reemplazada por sollozos. Estaban llorando.

—Por aquí —dijo la mujer alta—. Tendrá que darse prisa.

El sonido extraño volvió a repetirse, y en el rellano de la segunda planta sonaba aún más fuerte. No caía en qué lo podía producir, pero al acercarnos a la puerta del final de un pasillo velado en sombras, el sonido se incrementó.

La mujer se detuvo frente a la última puerta de la izquierda. El sonido provenía del otro lado. Apoyó la mano en el pomo, inspiró hondo y abrió empujando.

Al principio no comprendí lo que estaba viendo. Una persona yacía en una cama con dosel, y de su garganta escapaba una especie de traqueteo. Era un sonido horrible, sibilante, como si el aire entrara y saliera del cuerpo con dificultad.

—Les dejaré un poco de privacidad —dijo entonces la mujer, y me apoyó una mano en el centro de la espalda y me dio un empujoncito hacia la figura que descansaba en la cama.

Me quedé allí confundido hasta que me fijé en la cabeza de aquella persona; una cabeza cubierta por un revoltijo de rizos castaños.

—¿Lanyon? —pregunté.

No. No era posible que ese fuera mi amigo. La figura que yacía en la cama no era más que un cascarón vacío de lo que antes había sido un hombre joven lleno de vida.

Me acerqué, y Lanyon giró el rostro hacia mí. Me cubrí la boca con la mano para no gritar. ¿Acaso había muerto y lo habían reanimado? No, aquello era imposible, pero no comprendía que a aquel cadáver le quedara suficiente vida en el cuerpo para moverse por sus propios esfuerzos.

—Gabriel… —La voz de Lanyon emergió de entre los labios de la figura como una voluta de humo, delgada y tenue—. Has venido.

—Lanyon…

No se me ocurrió qué más decirle. No había vuelto a verlo desde la noche de la fiesta. El trabajo me había mantenido tan ocupado que cuando no trabajaba, dormía. Me odié por no haber venido antes a verlo.

—No me queda mucho tiempo —me dijo con una respiración pesada y costosa—. Me estoy muriendo. Ya estoy muerto.

Me acerqué a él y fui a tomarlo de la mano, pero me detuve al ver lo esquelético que estaba. Los huesos se le marcaban bajo la piel estirada.

Se me anegaron los ojos de lágrimas.

—¿Qué te ha pasado?

¿Acaso estaba destinado a formularle aquella pregunta a todo aquel que me importaba?

—No me queda tiempo —graznó Lanyon—. Escúchame.

Tomó una bocanada de aire sordo y la expulsó. El aliento le olía a podrido, un claro indicio de que se estaba descomponiendo por dentro.

Contuve el aliento para no vomitar, pero no me alejé de él.

—Cuando acabó la fiesta, te fuiste. Jekyll también, y quise… —Hizo una pausa y tomó varias bocanadas de aire, una tras otra—. Fui a ver a Jekyll hace una semana. Qui-quise reprocharle lo mal que se había portado contigo.

Dejé a un lado mis miedos y lo tomé de la mano. La tenía fría y rígida, con el puño cerrado. Lanyon se aferraba a su cuerpo mortal, pero no por mucho tiempo. Moría ante mis ojos.

—El señor Poole me dejó pasar —prosiguió Lanyon—. Aguardé frente a la puerta…, la del laboratorio. Jekyll me permitió entrar, y le grité, le dije de todo por portarse tan mal contigo, y no intentó defenderse.

Sentí una puñalada en el vientre. Tenía muchas preguntas que hacerle, pero no pensaba interrumpir lo que, a mi parecer, eran las últimas palabras de Lanyon.

—Algo… cambió. —Lanyon tosió y se le escapó un gargajo. Se giró hacia mí, estiró la mano esquelética y me agarró de la pechera de la camisa con más fuerza de la que era posible teniendo en cuenta su estado—. El corazón, Gabriel… Ya estaba enfermo, pero vi… algo. Vi a Jekyll… Cam-cambió.

—Ya lo sé —le dije entre lágrimas—. Ha cambiado.

—¡No! —exclamó Lanyon, retirándose de nuevo hacia la almohada—. No hablo de su comportamiento, sino de su cuerpo. Lo vi cambiar.

—No te entiendo.

Lanyon cerró los ojos. Su respiración era pausada, y las pausas entre cada respiración eran cada vez más largas.

—Hyde —dijo entonces.

Me acerqué a él, pasando por alto el olor a descomposición.

—¿Qué pasa con Hyde?

Lanyon abrió los ojos y ladeó la cabeza hacia mí.

—Te he escrito… Sigue las instrucciones, Gabriel. Al pie de la letra.

—Lanyon, no…

—Prométemelo —me exigió Lanyon, agarrándome de la mano—. Júramelo.

Coloqué la otra mano por encima de la suya y la agarré con toda la fuerza que me atreví por miedo a romperle la frágil muñeca.

—Te lo juro.

No sabía qué estaba jurando, pero lo hice porque era lo que Lanyon quería oír en ese momento.

Después pareció relajarse un poco. Cerró los ojos y se hundió entre las sábanas. Los labios se le entreabrieron. Inhaló hondo y su último aliento escapó de él. Fue como si alguien se hubiera puesto en pie y hubiera salido de la habitación.

Lanyon había muerto.

20

UN FUNERAL

Un carruaje tirado por caballos y encabezado por una comitiva de dolientes atravesó las calles hasta llegar al cementerio de Highgate. Tuve que pedirle prestado a Enfield un traje (que me quedaba demasiado grande) para la ocasión. Mi primo estaba tan afligido como yo; Lanyon habido sido amigos de ambos.

Yo iba tras la madre de Lanyon, que guardaba un silencio escalofriante. Su padre no trató de contener las lágrimas, ni tampoco sus hermanas que, al verme, corrieron hacia mí y enterraron los rostros surcados de lágrimas en los pliegues de mi chaqueta. No sabía qué decirles, de modo que dejé que mis lágrimas se entremezclaran con las suyas.

La cripta familiar de los Lanyon se hallaba acurrucada entre las tumbas en descomposición y los mausoleos sombríos. Una vez allí, la gente pronunció palabras amables sobre Lanyon y lamentó su trágica pérdida, una pérdida que aún escapa a mi comprensión.

Cuando introdujeron el ataúd negro que contenía los restos mortales de Lanyon en la pared de la cripta y sellaron la tumba con un pesado trozo de cemento en el que habían escrito su nombre, su madre se desmayó y tuvieron que llevársela de allí.

Los dolientes fueron abandonando el cementerio cuando la llovizna comenzó a salpicar los senderos, que pasaron de un gris apagado a un negro reluciente. Yo me quedé allí a pesar de que todo el mundo se había ido. Enfield se ofreció para hacerme compañía, pero insistí en que se marchara. Necesitaba un momento a solas.

Apoyé las manos sobre la tumba y presioné el rostro contra la superficie de mármol. Alcé la vista hacia el cielo gris mientras el olor a tierra húmeda se unía al leve tufo de la descomposición.

Cerré los ojos. Me dolía el pecho y sentía el corazón pesado. Aquello no tenía ningún sentido, y la pena era casi insoportable. Sin embargo, lo más curioso de todo era el modo en que se había producido la terrible muerte de Lanyon.

El padre de Lanyon me había informado de que a su hijo le habían diagnosticado hacía poco una enfermedad del corazón, y que él médico le había ordenado que guardara cama y que no hiciera ninguna clase de esfuerzo físico. Una noche, varias semanas antes de su fallecimiento,

Lanyon le había dicho a su madre que se aburría y se había ido a dar un paseo. Había regresado varias horas más tarde, tan enfermo que su familia había estado convencida de que moriría esa misma noche.

Sin embargo, Lanyon había aguantado y había pedido pluma y papel, y que llamaran a un mensajero.

Su último acto había sido mandar a alguien en mi búsqueda.

Una vez llegué a mi cuarto en la casa de huéspedes, me quedé allí sentado aturdido, hasta que alguien llamó flojito a la puerta. Al abrirla, me topé con la señorita Laurie, que sostenía una carta en la mano.

—Acaba de llegar —me dijo.

Me colocó el sobre en la mano y estiró el brazo para acariciarme la cara durante un instante. Después se marchó con pasos pesados.

Tomé asiento y comprobé el remitente.

La carta provenía de Cavendish Square.

Era de Lanyon.

Las manos comenzaron a temblarme con tanta violencia que tuve que soltar la carta para recobrar la compostura. Me había vuelto loco durante los últimos días para intentar comprender las últimas palabras de Lanyon. Me había dicho que me había escrito y que siguiera las instrucciones. A esto era a lo que debía de referirse.

Introduje el dedo bajo el sello y saqué el contenido del sobre: primero encontré una sola hoja de papel doblada, y luego una segunda carta sellada con lacre.

Los garabatos de Lanyon cubrían la hoja doblada; debía de haberla escrito durante sus últimos días.

Gabriel:

Debo pedirte que confíes en mí. Si puedes hacerlo, sigue leyendo; si no, arroja el contenido de esta carta y también la otra, sin abrirla, a la chimenea. Aún no es demasiado tarde para dar marcha atrás. Temo que, si no lo haces, lo que voy a compartir contigo te cambiará de un modo irrevocable.

Si has leído hasta aquí, doy por hecho que has sopesado los riesgos y que estás dispuesto a seguir adelante. Estas son mis instrucciones: abre la carta sellada SOLO en caso de que nuestro querido Henry Jekyll desaparezca o fallezca.

Es lo único que puedo decirte. No me queda mucho tiempo en este mundo, mi querido Gabriel.

Siempre tuyo,
Lanyon

Tomé la otra carta y fui a romper el sello, pero me detuve al recordar el rostro de Lanyon. Sus ojos suplicantes de aquellos últimos segundos me acompañarían eternamente en mis recuerdos. En aquel momento le había jurado que haría lo que me pedía. Le había dado mi palabra, pero su nota parecía insinuar que Henry corría alguna especie de peligro. ¿En caso de que fallezca o desaparezca? Por más que nos hubiéramos alejado, no soportaba la idea siquiera de tener que enterrarlo como ya lo había hecho con Lanyon.

Aparté aquel pensamiento de mi mente, escondí la carta sellada de Lanyon bajo el colchón y fui a buscar a Enfield.

EL INCIDENTE DE LA VENTANA

—El dolor de la pérdida te ha dejado destrozado —refunfuñó Enfield, que avanzaba con
pasos ligeros detrás de mí—. ¿Qué vamos a hacer
cuando lleguemos? ¿Gritarle? ¿Decirle que es una
persona horrible por no haber asistido al funeral de
Lanyon?

—Tenemos que ponerle fin a todo esto ya mismo
—respondí—. Creo que Henry corre peligro. Necesito
saber a qué viene tanto secretismo. ¿Por qué desapare-
ce durante semanas y reaparece como si fuera alguien
completamente distinto? Y en cuanto a Hyde...

—Por favor, dime que no sigues dándole vueltas a
ese tema —respondió Enfield tras soltar un bufido—.

Olvídate de él. Ha huido de la justicia. Si lo atrapan, lo ejecutarán por lo que le hizo a Carew.

Me detuve y me giré hacia Enfield.

—Pues espero que no lo capturen nunca. Espero que encuentre un lugar en el que pasar el resto de sus días feliz y en calma. El mundo es un lugar mejor desde que Carew no está en él.

Enfield abrió los ojos de par en par.

—Sé que estás enfadado…

—«Enfadado» es quedarse corto. —Me di la vuelta y seguí andando—. ¿Vienes o no?

Enfield apresuró el paso y se puso a mi altura. Guardamos silencio hasta que llegamos a la fachada frontal de la casa de Henry.

—El carruaje no está —dije.

No se veía movimiento tras las ventanas ni tampoco humo en la chimenea.

Me metí en el callejón que colindaba con la finca de los Jekyll y encontré la puerta trasera, la que conducía al laboratorio, cerrada.

Enfield dejó escapar un suspiro.

—No podemos entrar como si nada.

Busqué otra entrada y encontré la puerta del jardín ligeramente entreabierta. Me colé en el patio interior y Enfield vino tras de mí.

—Nos detendrán por allanamiento de morada —susurró Enfield—. Esto es peligroso.

Tenía razón, pero me daba igual. Necesitaba averiguar por qué Lanyon creía que Henry podía estar en peligro.

Alguien carraspeó y dirigió mi atención hacia una ventana abierta de la segunda planta de la casa. Allí estaba Henry, sentado tras una cortina diáfana.

Alcé la vista y, cuando nuestras miradas se encontraron, se me heló la sangre. Henry tenía el brazo apoyado en el alféizar, con la mirada perdida y los ojos bien abiertos en aquellas cuencas oscuras. Tenía el mismo aspecto enfermizo que la noche de la fiesta de Lanyon, solo que tenía los ojos tan hundidos que parecía tener las cuencas vacías.

Cuando estiró los labios para esbozar una sonrisa educada, que más bien acabó convirtiéndose en una mueca de pesadilla, se me puso el vello de la nuca de punta.

—¿Ha venido a verme, señor Utterson? —me preguntó Henry.

Hasta su voz sonaba extraña. Sin embargo, tenía un timbre que me resultaba familiar, algo de su antiguo yo que quedaba camuflado tras una ronquera.

—¿Señor Utterson? —preguntó Enfield, ceñudo y ladeando la cabeza—. ¿Por qué lo llamas así?

—Es de buena educación —respondió Henry desde la ventana—. Es importante dirigirse a la gente con el tratamiento adecuado.

Enfield parecía a punto de tirar de Henry desde la ventana; menos mal que no llegaba a la segunda planta.

—Qué bien que se hayan pasado por aquí —prosiguió Henry—. Espero que se porten bien, o tendré que llamar a alguien para que los eche de aquí.

—No sé de qué me estás hablando —respondí.

—Pues claro que lo sabe —me espetó Henry—. No me venga con esos ojos de cachorrillo. Lo delatan a usted y a todos sus deseos espantosos. No quiero saber nada al respecto.

Jamás había sentido tanta rabia. Ardía en mi interior como un incendio abrasador.

—Hemos enterrado a Lanyon —le dije. No me tragué la pena ni tampoco la sensación opresiva de haber sido traicionado. Quería que Henry la viera. Quería que la sintiera, si es que aún sentía algo—. ¡Lo echo tanto de menos que apenas puedo respirar! ¡Me duele, Henry!

—Era amigo suyo —respondió Henry sin emoción en la voz—. Todos necesitamos amigos de vez en cuando.

—¡Deja ya de hablarme así! —le grité, incapaz de contenerme por más tiempo—. Deja de hablarme como si te diera igual si vivo o muero. ¡Lanyon está muerto! ¡Era amigo mío, y también tuyo! ¡Ni siquiera has asistido al funeral!

—Le deseo que descanse en paz —contestó Henry—. Debería hacer lo mismo, y luego debería pasar página.

—¿Que pase página? —le pregunté, pasmado ante su actitud fría—. ¿Qué página tengo que pasar? ¿Dejar de preocuparme por la gente? ¡Pues me preocupo, Henry! ¡Y antes tú también te preocupabas! ¡¿Qué te pasa?!

Enfield me apoyó la mano en el hombro.

—No sirve de nada. No es el Jekyll que conocíamos. Ya no.

Me liberé de su agarre y me situé bajo la ventana, tan cerca de Henry como me resultaba posible sin perderlo de vista.

—Lanyon estaba preocupado por ti. Y yo también. —Dejé que las lágrimas me surcaran las mejillas—. ¡Necesito que recuerdes quién eres, Henry! ¡No eres así!

—¿Qué sabrá usted? —preguntó Henry, y la cortina se infló ante él. No se movió. Ni siquiera inclinó la cabeza para mirarme—. Es imposible que sepa en qué me he convertido.

Se oyó cierto revuelo detrás de Henry y, de repente, el rostro del doctor Jekyll apareció en la ventana.

—¿Gabriel? —preguntó. Parecía sorprendido de verme, pero la expresión se le agrió al instante—. Lárgate de mi propiedad ahora mismo.

Miré a Henry, que ni siquiera parpadeó.

—¿Qué le ha ocurrido a Henry? —grité. Enfield tiró de mí para guiarme hacia la verja del jardín, pero planté los talones con firmeza en el suelo—. ¿Por qué se comporta así? ¿Qué le ha hecho?

—¿Que qué le hecho? —El doctor Jekyll apoyó las manos en el alféizar y asomó el cuerpo—. ¡Todo esto es culpa tuya! ¡Nada de esto habría ocurrido si no lo hubieras corrompido!

—¡Lo único que he hecho siempre ha sido preocuparme por Henry! —le grité.

—¿Me tomas por necio? —preguntó el doctor Jekyll—. He leído tus cartas. ¡Tu insistencia y tu deseo
arrastraron a Henry a algo en lo que jamás debería haberse visto involucrado!

A mi alrededor el mundo entero guardó silencio. El
aliento se me quedó atrapado en la garganta.

Henry me había dicho que había quemado las cartas.

—Aléjate de mí y de mi hijo, y no vuelvas nunca
—me ordenó el doctor Jekyll—. Deberías avergonzarte.
Mira todo el daño que has causado. Mira en lo que se
ha convertido mi pobre niño, ¡y todo por culpa de tu
mala influencia y tu insensatez!

Cerró la ventana con firmeza. Enfield tuvo que tirar
de mí para que diera otro paso; en aquel momento, era
incapaz de hacer nada por mí mismo. Lo único que sentía era una rabia que lo consumía todo.

Durante toda su vida, Henry se había dedicado a esfor-
zarse por complacer a su padre. La presión que se ponía a
sí mismo para alcanzar las exigencias inalcanzables del
doctor Jekyll lo estaba aplastando, por no hablar de cómo
se había comportado su padre con Henry y conmigo. En
ese momento me di cuenta de que claro que había habido
algo entre nosotros. No eran imaginaciones mías exagera-
das, sino algo real, y lo que había habido entre Henry y yo
significaba algo, aun cuando su padre no quisiera verlo.

Todo aquello era cosa del doctor Jekyll. No cabía la
menor duda de que Henry estaba obedeciendo a su padre porque lo único que quería era que se sintiera orgulloso de él.

Lo único que quería en aquel instante era marcharme, pero entonces algo me llamó la atención. Al alzar de nuevo la vista hacia la ventana cerrada, esperé encontrarme con el rostro colorado del doctor Jekyll, con la mirada prendida de rabia y maldad. Enfield también alzó la mirada y… en ese instante, vimos algo que no era capaz de explicar.

Henry estaba junto a la ventana y nos miraba. Entrecerró los ojos y algo cambió en su expresión… No… Su expresión no…

Lo que le cambió fue el rostro.

La mandíbula pareció ensanchársele; se le estiró en los pómulos y bajo el labio inferior. Los ojos se le volvieron más redondos y anchos. Un sonido gutural emergió de su pecho, y tuvo que aferrarse al alféizar. El pelo, normalmente corto y con degradado, pareció crecer y, cuando la luz del día se coló por la ventana, también pareció que le había cambiado el color. Los huesos de la cara se transformaron. Los músculos del cuello se le tensaron, y la piel le quedó tan tirante que creía que se le iba a rajar.

Parpadeé varias veces. Debía de ser la pena. Debía de ser la impresión de haber sido testigo de la muerte de Lanyon. Debía de ser la agonía de haber tenido que meterlo en un ataúd y sellar su tumba en el cementerio de Highgate. Sin embargo, Enfield soltó un grito ahogado a mi lado y me agarró tan fuerte del brazo que temí que fuera a rompérmelo.

Henry alzó la mano, agarró el borde de la cortina y la corrió.

Salí corriendo del jardín y me dirigí hacia el callejón, con Enfield pisándome los talones. Llegamos a la calle principal y no dejamos de correr hasta que llegamos a St. James Park.

Me desplomé sobre un banco y coloqué la cabeza entre las rodillas, con el corazón amartillándome las costillas. El sudor me perlaba la frente y me empapaba la camiseta.

Enfield se tiró al suelo y se cubrió la cara con las manos.

—Gabriel...

—No —lo interrumpí—, no digas nada. No sé qué ha pasado, pero si hablamos de ello, perderé la cabeza. Espera, por favor.

Enfield se incorporó para sentarse, se llevó las rodillas al pecho y comenzó a mecerse de un lado a otro, como un niño pequeño. Sentí la caricia gentil de una brisa sobre la piel y me llené los oídos con el canto de los pájaros. Me obligué a prestar atención a su canción, a divagar sobre qué clase de pájaros eran y a preguntarme si estarían construyendo sus nidos en los árboles.

—Gabriel... —No me había dado cuenta de que Enfield se había sentado en el banco, a mi lado—. Tenemos que hablar ahora mismo de lo que ha pasado.

Pero yo no quería hablar, quería perderme en mis pensamientos sobre pájaros y árboles. No quería pensar en esa cosa tan terrible y espantosa de la que había sido testigo. Sin embargo, Enfield no iba a permitírmelo.

—Dime qué es lo que has visto en la ventana —le ordené—. No lo adornes con palabras bonitas, dime exactamente qué es lo que has visto.

—He visto a Henry —respondió, y el labio inferior no dejaba de temblarle—. Bueno, creo que era él. Lo he visto allí de pie, pero estaba tras la cortina. La luz… las sombras… Debe de haber sido una ilusión óptica.

—No hagas eso. No intentes buscar una explicación racional. No ha sido ni la cortina ni la luz.

—¿Pues qué ha sido eso entonces? ¿Qué es lo que insinúas?

No lo sabía. No tenía ni idea de qué era lo que acababa de ver en el rostro de Henry ni tampoco tenía modo alguno de explicarlo. Al momento lo achaqué a mi mente debilitada. Tras la muerte de Lanyon, todo había sido como tener un nervio expuesto: doloroso y descarnado. Ya nada tenía sentido, y me había topado con otra cosa a la que tenía que intentar encontrárselo. No quería, de modo que aparté mi atención de aquella espantosa imagen en la que a Henry se le desfiguraba el rostro y me centré en las palabras cargadas de veneno del doctor Jekyll.

—Ya has oído lo que ha dicho el doctor Jekyll sobre mí. ¿Crees que tiene razón? ¿Crees que es culpa mía que Henry se haya distanciado y se haya vuelto tan raro?

—¿Qué? —me preguntó Enfield. Sabía que esperaba que le contara lo que yo creía haber visto en la ventana, pero, cuando se dio cuenta de que de momento no iba hablar del tema, suspiró como si él también quisiera olvidarse de ello—. Creo que jamás le harías daño. Sé lo que sientes por él, y creía que sabía lo que él sentía por ti. No creo que me equivoque, pero es evidente que su padre vio algo que lo hizo actuar como ha actuado.

Los ojos se me anegaron de lágrimas y tragué con dificultad.

—¿Y qué fue lo que vio? ¿Que quería a Henry? ¿Que me preocupaba por él? ¿Hice mal?

Enfield echó los hombros hacia delante y tomó una profunda bocanada de aire pesaroso.

—Supongo que depende de a quién le preguntes. Ya sabes de sobra lo que piensa la gente. La gente está dispuesta a hacer la vista gorda ante cosas con las que no está de acuerdo, pero para ello tienes que volverte invisible. Quizás el cariño que sentías por Henry era demasiado evidente para el gusto del doctor Jekyll.

Apreté la mandíbula para contener otro ramalazo de rabia.

—¿Sabes qué era evidente? Que sir Danvers Carew siempre me estaba poniendo las putas manos encima, a mí y a cualquiera que se le plantara delante. Lo hacía sin disimulo, y todo el mundo lo sabía. Aquello no ofendía la frágil sensibilidad de la gente, pero ¿el cariño que siento por Henry sí?

—No he dicho que yo pensara igual —se defendió Enfield—. Solo te digo lo que puede que se le haya pasado por la cabeza al doctor Jekyll.

—¿Qué es lo que le está haciendo el doctor Jekyll en esa casa? —pregunté.

Aquello era lo único que importaba en ese momento. Lanyon había temido por la seguridad de Henry, y, ahora, yo también.

22

EL SEÑOR POOLE TIENE ALGO QUE DECIR

Transcurrieron ocho días desde el incidente de la ventana. Enfield y yo no hablamos de ello, y yo, por mi parte, no hablé del tema con nadie más. No me atrevía. No regresé a la residencia de los Jekyll por miedo a enfadar aún más al padre de Henry, pero no pensé en otra cosa.

Me había convencido a mí mismo de que lo que había visto en la ventana había sido cosa de mi mente, que la pena por la muerte de Lanyon me jugaba malas pasadas. Que Enfield también lo hubiera visto complicaba un poco las cosas, pero decidí obviar aquel detalle. Enfield estaba seguro de que, aunque ambos habíamos visto que a Henry le había cambiado el rostro, en realidad, debía de deberse a una ilusión óptica provocada por la luz que se colaba a través de la cortina diáfana. Se negaba a hablar más del tema, y a mí me parecía bien.

Sin embargo, yo era incapaz de ignorar la mirada que me había dedicado el doctor Jekyll, ni tampoco sus acusaciones.

Me encontraba agazapado frente al testamento de uno de los clientes del señor Guest, que estaba convencido de que lo habían falsificado. El hombre había muerto y le había dejado todas sus posesiones a su nueva esposa y a su hijo, y había excluido a los hijos del matrimonio anterior. Iba a tener que informarles de que no era ninguna falsificación, que lo que pasaba era que su padre había sido un hombre infantil y ruin. También existía la posibilidad de que los otros hijos se hubieran quedado fuera del testamento por otro motivo, pero no me correspondía a mí averiguar si eso era cierto o no.

La campana de la puerta del despacho tintineó cuando alguien entró. El señor Guest tenía cita con tres clientes ese día, pero al primero no lo esperábamos hasta bien pasado el mediodía. Alcé la vista y reconocí al hombrecito achaparrado que apareció ante mí: era el señor Poole. Parecía que había visto un muerto. Tenía la piel cenicienta, los ojos oscuros abiertos de par en par, como si temiera parpadear. Se acercó a mi escritorio arrastrando los pies.

—¿Señor Poole?

Apoyó una mano temblorosa en mi hombro y me dijo:

—Señor Utterson, lamento presentarme sin avisar, pero esperaba que pudiéramos hablar.

Intenté que no se me notara lo mucho que me alteraba su petición. Teniendo en cuenta el espanto que reflejaba su rostro, no podía tratarse de nada bueno. Me excusé y conduje al señor Poole hacia fuera, donde cruzamos la calle y nos dirigimos hacia una zona ajardinada. El señor Poole tomó asiento en un banco, pero yo me quedé de pie.

—¿Ha venido por Henry? —le pregunté, y contuve el aliento.

—Sí, pero no sé qué hacer. Sé que antes el señorito Henry y usted estaban muy unidos. Quizá lo estarían aún si el doctor Jekyll... —Cerró la boca con fuerza—. No puedo hablar mal de mi jefe. No tengo a nadie más a quien pueda acudir, y no quiero involucrar a la policía. Todo este asunto es de lo más... delicado, o quizá sería mejor decir que es demasiado raro. No lo sé, pero estoy seguro de que hay mucho en juego.

—Señor Poole —le pregunté—, ¿qué ha pasado?

El señor Poole miró a nuestro alrededor y, al ver que no había nadie cerca, me indicó con un gesto que me sentara con él en el banco. Obedecí, y él se acercó a mí y me susurró:

—Henry se ha encerrado en el laboratorio. Llevo ocho días sin verlo.

—¿Cómo que no lo ha visto? Digo yo que saldrá para comer y dormir, ¿no?

El señor Poole negó con la cabeza.

—Sería lo normal, ¿no? Es lo que haría cualquiera, o al menos alguien que no tuviera nada que ocultar. —Volvió a negar con la cabeza y suspiró—. ¿Puede venir conmigo? ¿Ahora?

Dudé.

—¿A dónde vamos?

—Al laboratorio —respondió—. No puedo contarle más a menos que venga conmigo.

—Espéreme aquí —le dije.

Hablé rápidamente con el señor Guest, me adueñé de la chaqueta y el sombrero, y me reuní con el señor Poole en la calle. Fuimos en carruaje a la residencia de los Jekyll. Cuando llegamos, el señor Poole me hizo pasar por la puerta principal y cruzamos el vestíbulo hasta la cocina, donde se había reunido el servicio. No sé de qué estaban hablando, pero la conversación murió en cuanto entré. Todo el mundo compartía una mirada de terror, de labios contraídos y cejas ceñudas. La tensión se palpaba en el ambiente.

—Debo reconocerle que esto es de lo más extraño —me dijo el señor Poole, retorciéndose las manos—. Lo llevaré al laboratorio ahora mismo.

No lograba desprenderme del temor que me estaba reconcomiendo bajo la piel.

El señor Poole se inclinó hacia mí y me dijo:

—Y debo pedirle que, cuando lleguemos a la puerta interior, no diga nada. Tan solo escuche. ¿Cree que podrá hacerlo?

—No lo entiendo. ¿No me ha dicho antes que Henry está ahí encerrado? ¿Dónde está el doctor Jekyll?

—El doctor Jekyll se fue hace ocho días. El mismo día en que vi a Henry entrar en el laboratorio. Y pongo a Dios por testigo que no ha vuelto a salir desde entonces. Ocho días.

Aquello había ocurrido el mismo día que había visto a Henry en la ventana. El miedo se acrecentó y me asfixió.

El señor Poole se dirigió hacia la puerta trasera.

—Venga conmigo, por favor.

Atravesamos la puerta trasera y cruzamos el jardín. Los jaboneros de la China se alzaban imponentes con hojas del color del coral y flores amarillas, pero los restos de hojarasca de otoños pasados cubrían el suelo y crujían bajo mis botas a medida que nos acercábamos a la puerta exterior del laboratorio. El señor Poole se sacó la llave del bolsillo, pero le temblaban tanto las manos que necesitó tres intentos para introducirla en la cerradura.

Al cruzar la puerta exterior, me fijé en que la entrada no había cambiado mucho desde la última vez que había estado allí, salvo por que la oscuridad era más negra. Antes las ventanas estaban cerradas, pero las habían cubierto con tablones para que ni un solo haz de luz solar penetrara en el interior. Olía a calor, a polvo y a algo químico que me recordó al líquido de embalsamar. Un escalofrío me recorrió de la cabeza a los pies y tuve que hacer fuerza con las rodillas para que no me temblaran y entrechocaran.

El señor Poole prendió una cerilla y encendió una vela que había sobre la mesita. La sostuvo en alto y avanzamos a través del pasillo estrecho. Salvo por la silueta del señor Poole, que se marcaba por la luz tenue de la vela, y el fino hilillo de luz débil que se colaba por debajo de la puerta del final del pasillo, no se veía nada.

Nos detuvimos frente a la puerta interior, y el señor Poole se llevó un dedo a los labios para pedirme que guardara silencio. Después alzó la mano y llamó tres veces a la puerta.

—Señorito Henry —gritó el señor Poole—, he venido a preguntarle qué quiere que le preparemos de cena. La señora Lennox se ha ofrecido a cocinar cualquier cosa que se le antoje.

El señor Poole hablaba con tono despreocupado, casi alegre, pero su rostro era una máscara de miedo contenido.

Se oyeron varios pasos tras la puerta del laboratorio, y una sombra apareció sobre el tenue resplandor que se colaba por la rendija inferior.

—No tengo hambre —gruñó una voz con tono enfadado.

Se me puso la piel de gallina y se me erizó el pelo de la nuca.

—Venga, señorito Henry —insistió el señor Poole—. Tiene que comer algo. ¿Quiere que le traiga un vaso de agua o un poco de sopa?

—¡No me molestes! ¡Lárgate!

Se oyó un fuerte golpe contra la puerta y los pasos se alejaron.

Estuvo a punto de abrir la boca para protestar, pero el señor Poole me agarró con fuerza del brazo y me instó a que guardara silencio.

—De acuerdo —respondió el señor Poole.

Me guio por el pasillo, cruzamos el jardín y volvimos al interior de la casa. Al tomar asiento en la cocina, donde el resto del personal seguía reunido, todo el mundo me miró con ojos expectantes y cargados de terror.

—Dígame, señor Utterson —me dijo el señor Poole—. ¿De quién es la voz que ha oído en el laboratorio?

Me aferré al borde de la encimera para mantenerme erguido. Conocía aquella voz, y no era la de Henry, sino la de Hyde. Sin embargo, no era capaz de decirlo en alto.

El señor Poole me observó mientras yo iba asimilando la situación. No era solo que Hyde hubiera vuelto, sino que además rondaba por el laboratorio del doctor Jekyll y respondía al señor Poole haciéndose pasar por Henry.

El señor Poole se sentó en un taburete alto, y la señorita Sarah, que también trabajaba para el doctor Jekyll, le sirvió una taza de té humeante. Se la bebió de un trago.

—Hace ocho días, a última hora de la tarde, el señorito Henry y el doctor Jekyll se pelearon. Discutieron sobre promesas que no se habían cumplido, sobre la debilidad de Henry y sobre el desdén que mostraba el doctor ante el cariño que Henry le tiene a usted.

Me puse rígido; un ruido ensordecedor me llenaba los oídos.

—Se fueron al laboratorio, pero seguimos oyendo los gritos —prosiguió el señor Poole—. Y luego oímos algo que no habíamos oído jamás.

—Fue horrible —intervino la señorita Sarah—. Fui enfermera durante muchos años, he sido testigo de horrores y he oído toda clase de gritos, pero aquello fue distinto. Se me helaron hasta los huesos.

—Henry gritaba desde el laboratorio —prosiguió el señor Poole—. Sus gritos ascendieron por la chimenea y llegaron hasta el jardín, donde los oímos. Eran gritos de dolor, señor Utterson, como los de un animal que ha caído en una trampa. Una hora más tarde, el doctor Jekyll salió del laboratorio y nos informó de que debía marcharse varios días de viaje. Partió al instante y me aseguró que Henry pasaría la mayor parte del tiempo en el laboratorio y que no debíamos molestarlo.

Antes de pensar siquiera en lo que hacía, corrí hacia la puerta trasera. El señor Poole se interpuso en mi camino y, cuando fui a apartarlo de un empujón, me agarró de las muñecas.

—Escúcheme —me advirtió—, no puede ir al laboratorio y provocar un altercado porque pondrá en peligro nuestra seguridad y nuestro sustento —me dijo, observando al personal, que guardaba silencio—. El doctor Jekyll se enterará y perderemos nuestros empleos.

—Llevan trabajando para los Jekyll desde antes que yo naciera —repliqué—. ¿De verdad los echarían a la calle como si tal cosa?

El señor Poole pareció herido.

—No sería cosa de ambos... La señora Jekyll siempre ha sido amable y justa. Quien me preocupa es él. Desde que Hyde apareció, el doctor no parece el mismo, ni tampoco Henry.

—¿Y está seguro de que Hyde no es hijo suyo? —le pregunté.

El señor Poole echó la mirada atrás, hacia los miembros del servicio. Se habían quedado estupefactos. Luego negó con la cabeza.

—Ya le dije lo que pienso al respecto. Me gustaría que dejara el tema —me respondió, y luego prosiguió—: Cuando Hyde se marchó, creímos que nos habíamos librado de él. Rezamos para que las cosas volvieran a ser como eran, pero fueron a peor. Henry ha cambiado —dijo, pasándose la mano por el cogote—. No sé cómo explicarlo. Siempre ha sido tranquilo, pero no desdeñoso ni distante. Es como si algo se hubiera apagado en él. No logro entenderlo.

Sabía muy bien a qué se refería. Yo también me había fijado en que Henry se había vuelto apático ante todo, incluso ante mí. Vi el dolor en el rostro del señor Poole y supe que no podía contrariar sus deseos, pero tampoco podía abandonar a Henry junto a Hyde sin saber antes si estaba a salvo.

—¿Por qué ha vuelto Hyde?

—No tengo muy claro que haya llegado a irse —contestó el señor Poole—. Tengo la sospecha de que siempre ha estado aquí, escondido en el laboratorio.

No… Aquello era imposible.

Pero claro, el señor Guest (al que ya consideraba de confianza) me había asegurado que tanto la carta de Hyde como la de Henry la habían escrito la misma persona, con la mano izquierda y con la derecha. Quizá Henry hubiera intentado encubrir a Hyde falsificando la carta, pero al considerar aquella opción, recordé lo que había visto en la ventana y se me heló la sangre.

El señor Poole volvió a sentarse, y la señorita Sarah se acercó y comenzó a masajearle la espalda.

—Quizá debería tumbarse un rato —sugirió.

El señor Poole asintió, y el resto del personal se lo llevó de allí. La señorita Sarah y yo nos quedamos a solas en la cocina.

—Conozco a Henry desde que era pequeño —me dijo, con los ojos anegados de lágrimas—. No quiero husmear en el laboratorio porque temo lo que pueda encontrar. —Entonces me dedicó la mirada de una madre preocupada—. Me temo que ha ocurrido algo, y que el doctor Jekyll es el responsable.

La ira bullía en mis entrañas. Una vez más, me dirigí hacia la puerta, pero la señorita Sarah me detuvo.

—Vuelva cuando haya anochecido —me susurró—. Dejaré la puerta del jardín abierta. Si lo descubren, negaré haber mantenido esta conversación con usted.

Observé el jardín y la entrada al laboratorio a través de la ventana. De un modo u otro, iba a sacar a Henry de este lugar.

23

Se revela un secreto

Tras abandonar la residencia de los Jekyll, no volví a la casa de huéspedes, sino que me metí en el callejón que había entre los edificios del otro lado de la calle y esperé a que anocheciera y a que se asentara la niebla.

Las luces de la casa se apagaron y el farolero encendió las farolas, por lo que el gas del interior de las esferas proyectaba una luz difusa. Entre eso y la niebla y la oscuridad, se respiraba un ambiente aciago.

Los carruajes seguían recorriendo la calle pese a lo tarde que era. Crucé la calle a hurtadillas y me introduje en el callejón que colindaba con la residencia de los Jekyll. Me fijé en que había varias personas dando vueltas, pero no se fijaron en mí mientras me dirigía hacia la verja del jardín. Estaba abierta, tal y como me había asegurado la señorita Sarah, así que me colé por ella. Solo entonces caí en que no tenía la llave de la puerta exterior del laboratorio. Sin embargo, me acerqué de todos modos y, para mi sorpresa, también la encontré abierta.

Entré y cerré la puerta tan silenciosamente como me fue posible. No encendí la vela y tuve cuidado de evitar los tablones que habían crujido bajo el peso del señor Poole aquel mismo día.

La puerta interior del laboratorio estaba cerrada y, entre las tinieblas y la madera oscura, parecía un vacío, como si al final del pasillo se hallara la boca de un monstruo que tenía las fauces abiertas de par en par.

Al llegar a la puerta, me acerqué tanto como pude y apoyé la mano en la pared para no perder el equilibrio. Tras la puerta se oía un susurro.

Y entonces me llegó la voz de Hyde.

—Por favor, Henry —dijo—. No lo hagas.

Oí un ruido, algo que parecía un gruñido. Contuve el aliento.

—No tengo elección.

Henry estaba dentro, y también Hyde.

—Sí que la tienes —respondió Hyde—, pero debes tomar tú la decisión.

Hubo una larga pausa, y después se oyó el cristal entrechocando.

—He escogido la única opción que me permite tener algo parecido a una vida normal —dijo Henry.

Oí otro gruñido grave, y luego un grito ahogado. Apoyé la mano en la manilla de la puerta, pero no la giré. Aún no.

—¿Sin la persona a la que más quieres? —preguntó Hyde—. ¿Qué pasa con él? ¿Es que no ves lo que le estás haciendo? ¿De verdad vale la pena complacer a un hombre que preferiría verte muerto a verte feliz?

Oí un cristal romperse tras la puerta, y ya no pude quedarme callado.

—¡Henry! —exclamé. Intenté abrir la puerta, pero no cedía—. ¡Abre la puerta! ¡Sé que estás ahí!

Hubo un revuelo al otro lado. Retrocedí, planté el pie izquierdo en el suelo y le di una patada a la puerta con el derecho. La jamba se agrietó, pero no se abrió. Retrocedí y le di otra buena patada, y, en esa ocasión, el marco cedió y la puerta se abrió.

Entré corriendo, pero me encontré con una sala vacía y una puerta trasera que se sacudía. Fui en esa dirección y miré hacia el callejón, pero no vi a nadie.

—¡Henry! —grité.

—De momento se ha ido, pero volverá —me dijo Hyde, cuya voz resonaba en el laboratorio.

Volví al interior y me lo encontré en lo alto de un taburete, en el extremo más alejado de la sala, donde las sombras eran más oscuras y profundas. No había ninguna lámpara encendida; la única luz moteada que se colaba por la claraboya era la del resplandor de la luna.

Hyde llevaba unos pantalones marrones arrugados, una chaqueta y una camisa sucia, en cuyo cuello había una mancha oscura.

—¿Qué le has hecho a Henry? —exigí saber.

—¿Que qué le he hecho? —repitió él con tono divertido—. Te aseguro que no soy yo el que le ha hecho algo. Pero ¿qué hay de lo que él me ha hecho a mí? ¿Te lo has preguntado siquiera?

Tenía ganas de tirarlo del taburete, pero mantuve la compostura.

—Estoy harto de jueguecitos. ¿Dónde está?

Pero Hyde no se movió.

—Te busca la justicia —le dije entonces.

Ladeó un poco la cabeza y me contestó:

—Por matar a Carew.

—Sí.

—Dime, Gabriel, ¿crees que soy un asesino?

No supe qué decir al oír mi nombre en sus labios. Con qué familiaridad lo pronunciaba, como si me conociera desde hacía años y fuera algo sagrado para él. Solo había una persona en todo el mundo que pronunciaba mi nombre de ese modo...

—Vi-vi el bastón con el que asesinaron a Carew —dije tartamudeando—. Y era el mismo que estaba en tu cuarto.

—¿Y eso me hace culpable? —me preguntó.

—No... no lo sé —respondí, y lo decía en serio. Hasta entonces había estado seguro, pero habían sembrado dudas en mi mente—. Necesito hablar con Henry.

—Volverá, pero... no es el mismo de antes.

—¿De antes de qué? —pregunté impaciente.

Hyde dejó escapar un suspiro y alzó la cabeza hacia la claraboya.

—Es culpa mía que Lanyon muriera.

Retrocedí y estuve a punto de derribar un matraz que contenía un líquido morado.

—¿Por qué dices eso? —le pregunté—. Lanyon estaba enfermo.

—Fue por el corazón —contestó Hyde—. Fue demasiado… estrés. Fue un accidente. Un error espantoso.

Me aferré al borde de la mesa.

—No sé de qué estás hablando, pero no quiero saber nada más. Me estás mintiendo. No has dejado de mentirme en todo este tiempo.

—Aquí el único mentiroso que hay es Henry, y se está mintiendo a sí mismo. Es él quien ha traicionado tu confianza.

—¡No hables así de él! —le grité.

—No eres tonto, Utterson —me increpó él—. Tienes que intentar comprender que el doctor Jekyll odia todas las cualidades de su hijo, y ha empleado sus considerables habilidades para eliminar todo lo que le resultaba ofensivo. Ya casi ha terminado con el proceso —añadió, sacudiendo la cabeza—. ¿Qué crees que será de nosotros si logra su objetivo?

Me quedé mirándolo, aunque entre las sombras me costaba verlo con claridad. Bajo la tenue luz de la luna cubierta de nubes, vi que tenía las mejillas surcadas de lágrimas.

De repente sentí que me faltaba el aire. No debería haber ido al laboratorio. Abrumado y confundido, retrocedí y corrí hasta la puerta trasera, la que conducía al callejón. Recorrí las calles de Londres hasta que el sol caldeó el horizonte y prendió fuego al denso manto de niebla.

24

LA SEÑORITA M.

Me metí a rastras en la cama cuando los faroleros salían a apagar las farolas, pero no logré conciliar el sueño. Mi mente daba vueltas en círculos. Cada descubrimiento era como una pieza de un rompecabezas, y, por más que me esforzaba, era incapaz de ver la imagen al completo.

El olor a pan me sacó de mi estupor. Mientras comía, los demás huéspedes hablaban sobre las clases, sus familias… sobre cosas normales y cotidianas. Los envidiaba. Confiaba en que en mi futuro inmediato pudiera volver a preocuparme de las cosas del día a día, pero mi instinto me decía que no iba a ser así. Los demás chicos fueron entrando y saliendo mientras yo picoteaba la comida.

Un chico escuálido que se llamaba John entró arrastrando un saco de carbón y lo dejó junto al hogar de la chimenea. Después se acercó a mí y me entregó una carta con manchurrones negros.

—Me ha pedido una mujer que te la entregue —me dijo.

Se limpió la cara con el dorso de la mano y se dejó un manchurrón de polvo negro de carbón sobre la mejilla.

—¿Quién era? —le pregunté, aceptando la carta.

—No lo sé —contestó John—. No me lo ha dicho.

Corrí hasta la puerta y la abrí. Miré a ambos lados de la ajetreada calle, pero no vi a nadie que reconociera. Lo más seguro era que quien me había enviado la carta ya se hubiera marchado.

Me llevé la carta al salón y la abrí.

Busque a la señorita M. en el mercado de Harrington. Nos han enviado varias veces allí para recoger algo que nos entregaban en una caja cerrada. Quizás allí encuentre respuestas.

Sarah

Los tiempos de normalidad habían llegado a su fin. Por lo visto, mi vida se había convertido en una infinita sucesión de misterios. Lo único que quería era a Henry en mi vida, estudiar Derecho y, con suerte, reírme un poco. Henry ya no estaba, mis estudios de Derecho habían quedado mancillados por los horrores que me había infligido sir Carew. ¿Y lo de reírme?

No sabía si alguna vez lograría hallar suficiente felicidad con todos los horrores que habían tenido lugar. La situación me superaba, y sentía que comenzaba a derrumbarme.

Así que hice lo único que sabía hacer: intentar averiguar cuál era el siguiente paso. Me vestí y me dirigí hacia el mercado de Harrington con la carta de la señorita Sarah en el bolsillo.

Cuando al fin llegué al mercado de Harrington, pasé a toda prisa junto a la carnicería y atravesé el laberinto de callejuelas y callejones. La señorita Sarah no me había proporcionado la dirección, pero tampoco había hecho ninguna falta. Solo podía tratarse del lugar en el que había visto a Hyde y al señor Poole discutir.

En un momento dado me perdí y acabé en una zona que no me sonaba de nada, de modo que tuve que desandar mis pasos y empezar de cero. Finalmente llegué hasta la casa extraña y torcida.

Un humo negro emanaba de una chimenea que parecía que podía derrumbarse y aplastar a un viandante en cualquier momento. Las ventanas de las plantas superiores estaban cerradas a cal y canto.

Subí los escalones de la puerta principal y llamé, sin saber qué iba a decir o si quienquiera que estuviera en el interior me dejaría pasar. Se abrió una ranura en la puerta, por la que se asomó un par de ojos marrones.

—¿Qué quiere? —me preguntó una mujer de voz áspera.

—Busco a la señorita M. —respondí.

La mujer bufó.

—¿Para?

—Un amigo mío muy querido está en apuros y..., bueno, no sé muy bien por qué, pero alguien del servicio de su casa cree que usted podría ayudarme.

—Pues le han mentido —contestó la mujer.

—¿Conoce a Henry Jekyll, o a su socio, Hyde?

La mujer entrecerró los ojos y luego cerró la ranura con fuerza.

Suspiré y me aparté de la puerta. Otro callejón sin salida.

Cuando me di la vuelta para marcharme, oí los cerrojos y la puerta se entreabrió. De repente me encontré frente a una mujer menuda que me estaba fulminando con la mirada.

—Pase —me ordenó, con tono cortante.

Dudé.

—Bueno, si no quiere, no.

Fue a cerrar la puerta, pero subí los escalones a toda prisa y me colé en la casa.

Cerró, echó el cerrojo y pasó por mi lado.

—Acompáñeme.

La casa era alta, pero estrecha. Podría haberla cruzado de lado a lado en tres zancadas. Estaba a oscuras, aun cuando fuera había luz. Todas las ventanas estaban cerradas, al igual que los postigos, y, aunque desde fuera no se veía, algunas estaban pintadas de negros para bloquear cualquier haz de luz que pudiera colarse.

La poca luz que había provenía de un cúmulo de lámparas de aceite y velas. Cuando algo negro y peludo serpenteó entre mis piernas, dejé escapar un grito ahogado.

—¿Le dan miedo los gatos? —me preguntó la mujer por encima del hombro.

Me costó ver al animal en la oscuridad y, aunque mi mente había conjurado la imagen de una rata inmensa, me di cuenta de que, en realidad, no era más que un gato negro. Ronroneó y se frotó la espalda contra mi pierna. Lo aparté con el lateral del pie, y el gato me miró como si le hubiera dado una patada. Me bufó y se escabulló a un rincón en el que, por cómo olía, seguramente estuviera aliviándose.

La mujer me condujo hasta una sala de estar que se hallaba en la parte trasera de la casa. Había una mesa y dos sillas en el centro. En una de las paredes había una estantería repleta de botellitas y tarros. Cuando se sentó, me indicó con un gesto que la imitara.

—Soy la señorita M. —se presentó entonces—. No tengo por costumbre hablar de mis otros clientes. La gente acude a mí porque no hago preguntas, no juzgo a nadie y soy discreta con respecto a los acuerdos que alcanzamos.

—¿Sus clientes? —le pregunte—. ¿Y a qué se dedica?

La señorita M. me dedicó una sonrisa y vi que le faltaban algunos dientes y que tenía una lengua ennegrecida que se agitaba tras sus labios como una serpiente. Decidí alejarme un poco de ella.

—Vendo objetos inusuales —respondió. Enarcó las cejas blancas como la nieve sobre la piel beis—. ¿Le sorprende?

—No mucho —respondí—. No sabía muy bien qué esperar.

—Ah, eso es bueno. Siempre exijo cierto grado de secretismo. Los objetos extraños siempre despiertan la curiosidad de las autoridades, salvo cuando dichos objetos acaban en manos de los blancos que dirigen el Museo Británico. Es de lo más curioso. —Se puso en pie y se acercó a la estantería—. Yo, por mi parte, debo guardar discreción. ¿Lo entiende?

—No le diré a nadie que he estado aquí, pero, he de serle sincero… No sé muy bien por qué he venido. Sé que Henry ha estado aquí, y Hyde también.

—La gente disfruta de lo que tengo aquí —me respondió—. Poseo una mano de la gloria, un par de botas de siete leguas, herramientas para practicar la alquimia, la brujería…

—¿Brujería? —pregunté—. ¿Alquimia? Cuando me dijo que trataba con objetos extraños, pensaba que se refería a cuadros o libros raros.

La mujer soltó una risotada ronca.

—No he dicho que practique esas artes ni que crea en ellas, pero hay gente que sí, y pagan muy bien por los objetos que colecciono.

—¿Y qué le pedían los Jekyll? —pregunté.

Henry y su padre eran hombres apasionados por la ciencia… No me imaginaba a ninguno de ellos necesitando algo de un lugar como este.

—¿Por qué debería decírselo? —me preguntó ella.

Tomé aire e intenté dilucidar cuánta verdad podía contarle.

—Le tengo mucho cariño a Henry, el hijo del doctor —respondí al fin—. Estuvimos muy unidos durante mucho tiempo, pero entonces algo cambió en él —proseguí, removiéndome incómodo en el asiento—. Me dijo cosas que sé que no pensaba. Comenzó a alejarse de mí.

—Las personas maduran, cambian —respondió la mujer—. Son cosas que pasan. Si supiera la de gente que ha pasado por mi vida.

—No es lo mismo —respondí con voz firme—. Ha cambiado. A veces, cuando lo miro a los ojos, parece que no sabe quién soy o me trata como si solo fuéramos conocidos. Lo que más me asusta de todo es que no actúa, no finge haber olvidado todo el tiempo que pasamos juntos. Temo que se haya olvidado de mí, aun cuando no soy capaz de comprender cómo sería posible. Esa es la verdad y la razón por la que hoy estoy aquí. Me da igual a qué se dedique o qué clase de objetos posea. Cualquier cosa que descubra aquí, me la llevaré a la tumba. —La miré a los ojos y me pareció ver compasión en ellos—. Ayúdeme, por favor.

La señorita M. estiró el brazo hacia la estantería y bajó un tarro de cerámica firmemente sellado. Lo dejó sobre la mesa y luego volvió a sentarse.

—No me considero una experta en cuanto a la mayoría de objetos que colecciono, y, si le soy sincera, no suelo preocuparme por los supuestos usos que se le dan —me dijo—. Yo me limito a entregárselos a quienes pagan el precio adecuado por ellos. Sin embargo, la sustancia que el doctor Jekyll ha estado comprándome resulta cada vez más difícil de adquirir. Se trata de una de las cosas más extrañas de la tienda, de modo que ha despertado mi curiosidad.

Abrió la tapa e inclinó el tarro hacia mí para que viera el interior. Estaba repleto de una sustancia molida que tenía la consistencia de la harina y era de un intenso color morado.

—¿Qué es esto?

—Proviene de una planta que crece en los Pirineos. Es una especie de orquídea que se ha empleado durante generaciones en la medicina tradicional para inducir a quien la ingiera en un estado de trance.

—¿Es un sedante? ¿Como el láudano? —le pregunté, tirando mano de mis recuerdos, de los pocos conocimientos que aún guardaba de las lecciones de química.

—No, no es como el láudano —respondió la señorita M.—. No sé cómo funciona, pero una vez no tuve cuidado con el tarro y me manché un poco los dedos. Luego me toqué la boca y, no sé muy bien cómo, pero acabé en la calle en camisón. Recuerdo todo lo que hice, pero era incapaz de intervenir en mis propios actos. Era como si me estuviera viendo desde fuera. —Se le escapó una risita—. No sé qué es lo que le hace a la mente. Bueno, y luego se me quedaron los labios morados durante una semana.

Para sorpresa mía, recordé que Henry tenía los labios teñidos de morado la noche en que había asistido a la fiesta de Lanyon; y también recordé el líquido morado de su botellita. Henry lo estaba consumiendo.

—¿Y esto es lo que contienen las cajas que los Jekyll vienen a buscar? —pregunté.

—Sí —respondió ella, y dicho esto, volvió a colocar la tapa sobre el tarro y cruzó los brazos ante el pecho.

Entonces alguien llamó a la puerta.

—Disculpe la interrupción —me dijo la señorita M. al tiempo que se levantaba—. Espéreme aquí.

Cruzó el pasillo para abrir la puerta y, al instante, se oyó un frenesí de pasos.

—¡Necesito hasta la última pizca! —gritó un hombre.

Reconocí aquella voz al instante. Me puse en pie a trompicones y busqué un sitio en el que esconderme, pero era demasiado tarde. El doctor Jekyll irrumpió en la sala y se detuvo en seco al verme.

—Utterson —dijo.

Jamás había visto una mirada como la de sus ojos: una mirada de rabia pura y desmedida, teñida de maldad y envuelta en desesperación.

La señorita M. entró en la sala y el doctor Jekyll bloqueó la salida con su cuerpo.

—No hace falta que grite, Jekyll —dijo la señorita M.

—Cállese y deme el polvo —exigió el doctor Jekyll. Después me rodeó y añadió—: Y en cuanto a ti, tú te vienes conmigo.

—¿Para ver a Henry? —le pregunté de malas maneras—. ¿O a Hyde? Sé que ha estado escondiéndolo en su laboratorio.

El doctor Jekyll frunció el ceño y se mesó la barba.

—No tienes ni idea de lo que estás diciendo. Todo esto es culpa tuya.

Me quedé sin habla.

El doctor Jekyll posó la mirada en el tarro que contenía el polvo morado, se adueñó de él y lo guardó en una bolsa de trapo. Después arrojó un sobre grueso sobre la mesa, y la señorita M. lo tomó y se lo metió por el cuello del vestido.

—Ha sido un placer, doctor Jekyll —le dijo, esquivándome con la mirada—, como siempre.

El padre de Henry me agarró por la pechera de la camisa y me arrastró por el pasillo hasta que llegamos a la puerta principal.

—¡Suélteme! —le exigí.

Me aferró aún más fuerte y tiró de mí por el callejón, en dirección contraria por la que yo había venido. Cuando llegamos a la calle, vi que había un carruaje y un cochero esperándonos. El doctor Jekyll me arrojó al interior y entró después de mí. Cerró de un portazo, golpeó las paredes de la cabina y el carruaje se puso en marcha.

—¿A dónde vamos? —exigí saber.

El doctor Jekyll se alisó el abrigo, después se recostó en el asiento y sacudió la cabeza.

—¿Eres consciente de que he leído todas las cartas que le escribiste a mi hijo desde aquel verano que pasasteis separados?

Una fina capa de sudor me cubrió la frente. Metí las manos entre las rodillas y apreté las piernas con fuerza para que no me temblaran. No iba a dejarme intimidar por el doctor Jekyll. En aquel instante, me recordaba en gran medida a sir Carew.

—En ese caso, sabrá lo mucho que me importa —respondí, alzando la barbilla y mirándolo directamente a los ojos.

—Claro que sí —contestó él riéndose—. Desde luego que lo sé —dijo, abriendo y cerrando las manos—. Creía que, si le daba la oportunidad a Henry de percatarse de sus errores, los enmendaría por sí mismo. No intervine a tiempo, y al final resultó evidente que estaba completamente cautivado. Ejerces una gran influencia sobre él.

—Habla como si yo lo hubiera embrujado —respondí furioso—. Ha leído todas nuestras cartas, así que sabe que fue Henry quien se acercó a mí, y que no hizo mal por ello.

El doctor Jekyll se acercó a mí y acortó el hueco estrecho que nos separaba. Llevaba la barba canosa sin arreglar y tenía el blanco de los ojos inyectado en sangre. Parecía agotado, incluso tras aquel velo de odio.

—¿De verdad esperas que te crea?

—Me da igual lo que crea —le contesté—. Le estoy diciendo la verdad.

El doctor Jekyll se recostó y observó a través de la ventana.

—Esto termina aquí, pero, como sé lo persistente que puedes llegar a ser, quiero que lo oigas de los labios del propio Henry. Podemos olvidarnos de todo este asunto, Utterson. Puedes seguir con tu patética vida, y mi hijo podrá alcanzar la gloria —me dijo mirándome, y vi en su rostro esa misma pena que había en el de mi padre—. Ya tenemos demasiado en nuestra contra. Estoy seguro de que lo entiendes.

—Lo único que entiendo es que no puedo dejar de ser como soy —respondí.

El doctor Jekyll enarcó una ceja.

—En eso te equivocas, porque he encontrado el modo de hacerlo.

25

MUERTE EN EL LABORATORIO

El doctor Jekyll me sacó del carruaje frente a su casa. Subimos a trompicones los escalones de la entrada y cruzamos la puerta. El señor Poole salió de la sala de estar y, al ver que el doctor me tenía agarrado, se quedó lívido.

El doctor Jekyll me empujó hacia delante y cerró la puerta tras él.

—¡Henry! —gritó.

Ladeó la cabeza y miró hacia lo alto de las escaleras. Cuando su hijo no apareció, me agarró del brazo y me arrastró por la cocina hasta que atravesamos la puerta trasera que conducía al jardín.

—¡Por favor, doctor Jekyll! —exclamó el señor Poole, que seguía nuestros pasos—. ¡No hace falta ponerse así!

El padre de Henry siguió adelante como si no hubiera oído ni una sola palabra. Una mujer gritó a mis espaldas, pero el doctor me tenía agarrado de modo que no podía girarme para ver quién había sido. Cruzamos la puerta exterior del laboratorio y entramos en el pasillo oscuro.

—Esto acaba aquí —decía el doctor Jekyll, como si las palabras fueran una especie de conjuro, como si al repetirlas una y otra vez fueran a hacerse realidad—. Esto acaba aquí. Esto acaba aquí. ¡Esto acaba aquí!

Apenas oía nada por encima de mis latidos y el estruendo de mi corazón al partirse. Le arañé la mano al doctor Jekyll para liberarme, pero no me soltaba.

Cuando llegamos ante la segunda puerta, la encontramos cerrada, pero como el marco estaba roto, logré atisbar el interior del laboratorio. Alguien pasó por delante de la abertura, y el doctor Jekyll agarró la manilla y empujó, pero la puerta no se abrió. Entonces me soltó y comenzó a llamar a puñetazos.

—¡Henry! —gritó—. ¡Abre la puerta ahora mismo!

Golpeó la puerta y se abrió un poco, pero entonces chocó contra algo con lo que la habían bloqueado desde el otro lado. Me apoyé en la pared con las piernas temblorosas, y el doctor Jekyll gritó enfurecido:

—¡Esto acaba aquí!

Empujó la puerta con el hombro, y lo que fuera que estaba bloqueando la puerta cedió. El doctor Jekyll cayó por el hueco, y yo me separé de la pared y entré en el laboratorio saltando por encima de él.

Reinaba un silencio inquietante; era como si hubiera entrado en una habitación vacía. El doctor Jekyll gruñó e intentó levantarse, pero cayó al suelo de inmediato, aferrándose la rodilla derecha.

Me moví entre las mesas, que estaban cubiertas de matraces de cristal rotos y líquido derramado. De repente me quedé helado, temeroso de dar un paso más.

—¿Henry? —lo llamé.

Oí un quejido en un rincón. Henry estaba ahí de pie, con un matraz lleno del extraño líquido morado pegado a los labios. Antes de que pudiera decirle nada, se bebió el contenido de un solo trago.

Se tambaleó hacia delante con un grito. Tenía la boca abierta y una mirada alocada de terror.

Di un paso dubitativo hacia delante y, de repente, Henry se desplomó. Corrí hacia él y me arrodillé junto a su cuerpo inmóvil, que aún se aferraba al matraz vacío.

Los gritos histéricos del doctor Jekyll atravesaron el aire, y los pasos apresurados del señor Poole golpearon el suelo cuando se acercó a toda prisa.

La señorita M. había dicho que tomarse el brebaje morado era como estar fuera de uno mismo y observarlo todo como un espectador. Yo no me había bebido aquella poción (o veneno, porque no sabía lo que era), pero me sentía como si lo hubiera hecho. Me vi arrodillándome junto al cuerpo inerte de Henry, y desde allí, vi sus pantalones marrones, su chaqueta abierta y la camisa sucia con la mancha debajo del cuello. Henry llevaba puesta la ropa de Hyde.

Me agaché y apoyé la cabeza en su pecho. Cuando no percibí nada, ni movimiento ni latido alguno, lo abracé y me pegué a él. Lo primero que oí al recobrar los sentidos tras la conmoción inicial fue mi propio llanto, entremezclado con los sollozos de angustia del doctor Jekyll y el frenesí de súplicas del señor Poole.

—¿Respira? —preguntó el señor Poole a gritos.

Observé el rostro de Henry. ¿Respiraba? Tenía los ojos entrecerrados y los labios ligeramente abiertos. El pelo de las sienes estaba cubierto de una sustancia blanca, y tardé un instante en reparar en que no era ninguna clase de sustancia, sino que el pelo se le estaba volviendo casi blanco.

De repente, Henry abrió la mandíbula y un estertor le escapó de la garganta. Estuve a punto de dejarlo caer al suelo, pero reaccioné lo bastante rápido como para dejarlo con gentileza sobre el suelo.

Se le agitaba el pecho. No abría los ojos ni se movía, pero estaba vivo.

Le acaricié el rostro y le medí el pulso con el *tictac* del reloj de bolsillo del señor Poole. De repente, un par de manos aterrizaron sobre mis hombros y me levantaron del suelo.

El doctor Jekyll me empujó contra la pared y sentí un estallido de dolor en el hombro.

—¡Has matado a mi hijo! —me gritó el doctor Jekyll.

—¡No está muerto! —le grité a la cara.

—¡Es como si lo estuviera!

La voz de una mujer se abrió paso entre el caos.

—En el nombre de Dios, ¿qué está pasando aquí?

La madre de Henry se hallaba ante la puerta, envuelta en su abrigo de viaje. Cruzó la estancia y apartó a su marido de un empujón.

—¡Suéltalo! —le ordenó, de un modo que hizo que el doctor se encogiera de inmediato ante ella.

Corrí de nuevo junto a Henry y, cuando su madre lo vio, la expresión de dolor que le cruzó el rostro volvió a partirme el corazón. Se arrodilló a su lado y me tomó de las manos para guiarlas hacia Henry.

—Acúnale la cabeza —me ordenó en voz baja. Después le rasgó la camisa y pegó el oído contra el pecho desnudo. Cuando se retiró, se giró hacia el señor Poole y le dijo—: Por favor, ayude a Gabriel y llévenselo a mi cuarto mientras yo llamo a un médico.

—Pero ¡si yo soy doctor! —gritó el doctor Jekyll.

La señora Jekyll se puso en pie, se acercó a su marido y le cruzó el rostro con una bofetada tan fuerte que se oyó por toda la estancia.

—¡Hace tiempo que incumpliste tu juramento! —Cada una de sus palabras desprendía asco, como carne podrida que se desprende del hueso—. ¡Lárgate de mi vista!

Después dio media vuelta y nos ayudó al señor Poole y a mí a llevar a Henry a la casa.

Lo dejamos en la cama de su madre, le quitamos la ropa sucia y le pusimos un camisón limpio. La señora Jekyll mandó llamar a un médico, y después vino con nosotros junto a la cama de Henry. No permitió que el doctor Jekyll subiera a la planta superior y, por su bien, menos mal que no lo intentó, ya que la madre de Henry dejó un atizador de hierro junto a la puerta del dormitorio y le ordenó al señor Poole que golpeara con él al doctor en caso de que intentara entrar en el cuarto.

El pecho de Henry se sacudía. Cuando la inspiraciones se pausaban durante demasiado tiempo, la señora Jekyll lo anotaba en un trozo de papel y le daba toquecitos en el costado para recordarle que debía respirar. Nadie dijo nada durante un buen rato.

Fue el señor Poole quien, finalmente, rompió el silencio.

—Señora Jekyll, le mandé una decena de cartas a casa de su madre.

—¿Fue allí a donde le dijo mi marido que fui? —preguntó ella—. Me mandó a recoger varios instrumentos que había comprado para el laboratorio. Insistió en que había que transportarlos a mano, pero cuando llegué a la isla de Mull, su contacto no tenía ni idea de que iba a ir. Y luego llegó el mal tiempo… —De repente guardó silencio—. Señor Poole —dijo entonces la señora Jekyll con voz temblorosa—, ¿qué le ha ocurrido a mi hijo?

El señor Poole negó con la cabeza.

—Sabía que, si usted hubiera estado donde el doctor Jekyll afirmaba que estaba, habría respondido a mis cartas —dijo entonces, con los ojos llenos de lágrimas.

Me sujeté la cabeza mientras el señor Poole relataba la extraña serie de acontecimientos. Se me escapó un sollozo, y la señora Jekyll rodeó la cama y me apoyó una mano en el hombro. Pasado un tiempo, el médico llegó a la casa y comenzó a examinar a Henry.

Mencionó el color extraño de los labios de Henry, y le dije que lo había visto beberse una especie de brebaje. Me preguntó qué clase de brebaje era, y le conté lo que me había explicado la señorita M. El médico le administró un tónico a Henry, que seguía sin reaccionar, y al final le dijo a su madre que no podía hacer mucho más sin saber con exactitud qué había ingerido Henry. Le ordenó que lo vigilara de cerca y que lo llamara si empeoraba. Después se fue a hablar con el doctor Jekyll, y la conversación terminó con el padre de Henry echando de casa al médico.

La señora Jekyll se recostó en una silla junto a la cama, y el señor Poole le trajo un té. Después de darle un sorbito, se giró hacia él y le preguntó:

—¿Le importaría dejarnos a solas un momento?

—Desde luego —respondió el señor Poole, que abandonó la estancia y cerró la puerta al salir.

—No debería haberme ido —dijo entonces la madre de Henry en voz baja, entrelazando su mano con la de su hijo—. Era consciente de que mi marido estaba intentando mantenerme lejos de aquí, pero creía que lo hacía porque tenía un lío de faldas.

La miré sin saber muy bien qué decirle.

—Lo siento —me disculpé—. Sabía que algo no iba bien. Intenté llegar al fondo del asunto, pero no lo logré. Sigo sin tener muy claro qué es lo que ha ocurrido. —La ropa de Henry estaba amontonada en un gurruño sobre el suelo—. ¿Le importa que le diga una cosa?

—Desde luego —respondió la señora Jekyll, irguiéndose.

—Cuando encontré a Henry en el laboratorio, llevaba puesta esa ropa —le dije, señalando el montón—, pero estuve aquí ayer, y hablé con Hyde en el laboratorio.

—¿Con Hyde? —preguntó ella, con el rostro cargado de tensión—. ¿Volvió?

—El señor Poole cree que no llegó a marcharse. Puede que ese sea el motivo por el que el doctor Jekyll quiso alejarla de aquí.

—Puede… —dijo ella, aferrándose a la manta que cubría las piernas de Henry.

Intenté pensar en cómo explicarle lo que más me reconcomía. Me levanté, me acerqué a la pila de ropa para deshacerla y dejé las prendas sobre la cama. Quería asegurarme antes de proseguir. Examiné los pantalones; eran de color marrón claro y tenían una rodillera más oscura en el camal izquierdo. La chaqueta era marrón oscuro y tenía un bolsillo pequeño en el pecho, a la izquierda. La camisa estaba rasgada, pero la mancha de debajo del cuello seguía viéndose.

—Señora Jekyll —dije entonces—, cuando vi a Hyde, llevaba exactamente la misma ropa.

Aquello pareció confundirla.

—¿Te refieres a que Henry y Hyde iban vestidos iguales?

—No, me refiero a que era *exactamente* la misma ropa. Estoy seguro —añadí, rozando la rodillera y la mancha de la camisa; después me acerqué a Henry y le acaricié la sien, allí donde el pelo se le había vuelto blanco.

Intenté recordar el momento en que había percibido un cambio en Henry, y entonces sentí que algo me revolvía el estómago: una advertencia ominosa de que los pensamientos que se iban formando en mi mente podían conducir a una revelación que jamás podríamos obviar.

—Señora Jekyll —le dije—, ¿le importaría prestarme un caballo?

—¿Te marchas? —me preguntó—. No te vayas, por favor. Henry te adora, y sé que querrá verte cuando despierte.

No tenía intención de llorar, pero lloré. No pude controlar las lágrimas. Quería creerle, y era cierto que la señora Jekyll conocía a su hijo mejor que nadie, pero me costaba hacerlo después del modo en que Henry me había tratado.

—Volveré de inmediato —le aseguré—. Lanyon me entregó una carta. No la he leído, pero tiene que ver con Henry.

—¿Y para qué necesitas una carta? —me preguntó con delicadeza—. ¿Por qué no le pedimos a Lanyon que venga?

Tragué saliva con dificultad. La señora Jekyll acababa de volver, no estaba al tanto de nada.

—Lanyon falleció, señora Jekyll —le dije, y las palabras seguían sonándome huecas, como si nadie fuera a creerlas.

La madre de Henry se cubrió la mano con la boca y las lágrimas le surcaron el rostro.

—¿Qué ocurrió? —preguntó en un susurro.

—Le falló el corazón —respondí—. Llevaba un tiempo enfermo, pero pasó algo durante sus últimos días. Necesito ir a por esa carta.

—Llévate todo cuanto necesites y vuelve pronto —me urgió.

Me abrazó, y enterré el rostro en su hombro durante un instante antes de abandonar el dormitorio y bajar las escaleras.

El señor Poole se encontró conmigo en el rellano de la primera planta.

—El doctor Jekyll se ha retirado a su despacho —me informó, señalando una puerta cerrada que había al final del pasillo—. ¿A dónde va?

—Necesito una cosa que me dejé en la casa de huéspedes. Ya le he dicho a la señora Jekyll que vuelvo enseguida.

El señor Poole asintió, y entonces me marché. Tomé el caballo más grande del establo y fui a la casa de huéspedes de la señorita Laurie tan rápido como pude.

26

LA CARTA DE LANYON

La señorita Laurie me dejó entrar y me perdonó por haber vuelto a quebrantar sus normas. Le di un beso en la coronilla. Aquella mujer era una santa, y sabía que le debía una explicación, pero tendría que esperar un poco más. Corrí hasta mi cuarto y saqué la carta sellada de Lanyon de debajo del colchón.

Fui hacia la puerta, pero entonces me detuve. No sabía qué me había escrito Lanyon, pero se suponía que debía leerlo tras la muerte o la desaparición de Henry. Henry yacía inconsciente y, aunque temía por su salud, no podía permitirme pensar siquiera en que fuera a morir, pues no lo habría soportado.

La promesa que le había hecho a Lanyon me planteaba un dilema. Quería cumplirla, pero las circunstancias habían cambiado, así que me permití creer que Lanyon me habría perdonado y abrí la carta.

Querido Gabriel:

Lo que voy a revelarte en estas páginas te parecerá imposible de comprender. Ni siquiera yo entiendo los sucesos acontecidos, pero intentaré explicarme lo mejor posible antes de que se me agote el tiempo.

La noche de la fiesta, me quedé horrorizado al ver cómo te trató Henry. Estuve dándole vueltas varios días y, finalmente, decidí tomar un carruaje para ir a verlo a su casa. No quería molestar a sus padres ni a nadie, así que esperé para ver si podía hablar con él cuando saliera para hacer alguna clase de recado. No salió de la casa, pero hubo un rostro conocido que sí lo hizo: Hyde. Lo vi entrar en el callejón y fui tras él.

Entró por la puerta trasera de la residencia de los Jekyll y no la cerró tras de sí. Estaba distraído y hablaba solo.

Esperé en el callejón después de que entrara y, entonces, oí la voz de Henry. La ira se apoderó de mí, querido Gabriel. Irrumpí por la puerta, dispuesto a decirle todo lo que pensaba de él y sobre cómo te había tratado. Imagínate mi sorpresa cuando me percaté de que me hallaba en el laboratorio del doctor Jekyll. Me quedé estupefacto, pero te digo que lo que vi es imposible de creer. No logro entenderlo, Gabriel.

Lo que vi será mi perdición. No me cabe la menor duda, por ello debo ponerlo por escrito.

Hyde estaba de espaldas a mí. No vi a Henry por ningún lado. Hyde tomó una botella de cristal que contenía un líquido morado y, cuando se la acercó, trató de impedirlo con la otra mano. Era como si estuviera peleando consigo mismo, como si la mano derecha se enfrentara a la izquierda.

Me quedé inmóvil. Hyde aún no había reparado en mí, y yo estaba confundido. Su mano izquierda se agitaba con violencia mientras la derecha trataba de contenerla. Y entonces habló... con la voz de Henry. Dijo: «Vete. No quiero que estés aquí». Y, Gabriel, sé que pensarás que he perdido el juicio, pero pongo a Dios por testigo que la voz de Hyde respondió desde el interior del mismo cuerpo y dijo: «Somos uno».

Entonces alzó la mano izquierda, se pegó la botella a los labios y bebió. Cayó sobre la mesa y comenzó a gemir. El pelo blanco se le volvió oscuro y, de repente, la ropa le quedó más suelta que antes. Grité. No pude controlarlo, y Hyde se volvió hacia mí. No sé cómo, pero le había cambiado el rostro. Los rasgos de Hyde se desvanecieron: la barbilla se le estrechó, los ojos se le empequeñecieron; el rostro que me miraba era el de Henry.

Estuve a punto de soltar la carta y tuve que retroceder varios pasos para apoyarme en la pared; el corazón me golpeaba las costillas.

Fue como si me aplastaran el pecho. No podía respirar. Lo que vi me horrorizó y jamás me recuperaré de ello. Algo terrible le ha ocurrido a Henry, Gabriel. No sé qué ha pasado, pero, mientras escribo, mi enfermedad empeora. La conmoción ha sido abrumadora, y temo que no viviré para contarlo.

Hyde es Jekyll. Jekyll es Hyde. Son una misma persona. Una mano derecha y una mano izquierda.

No sé cómo ni por qué se han separado, pero debe de deberse a ese líquido morado. Temo que, ahora que Jekyll sabe que he averiguado su secreto, tome medidas drásticas para que no lo revele. Te confío esta información solo a ti porque sé que Henry te importa. Ojalá hubiera tenido la oportunidad de decirte que tú me importabas a mí.

Puede que esta revelación sea demasiado impactante como para compartirla mientras Henry siga aún con nosotros. Quizá sea mejor esperar a que ya no esté para contarla. No lo sé.

Pase lo que pase, confío en que le hallarás algún sentido a todo esto. Te lo mereces todo, Gabriel. No lo olvides nunca.

Siempre tu amigo, en esta vida y en la venidera.

Siempre tuyo,
Lanyon

No me quedaban lágrimas que derramar, pero sí tenía muchísimo miedo.

27

LO HECHO HECHO ESTÁ

Cabalgué al galope hasta la residencia de los Jekyll y, aun así, sentí que avanzaba a través de agua o arena. No sabía qué iba a decirle a la señora Jekyll (ni, ya puesto, al propio Henry) cuando llegara.

Henry y Hyde eran una sola persona. Aquello no tenía el menor sentido, pero me fiaba de Lanyon porque yo también lo había visto. En su momento no lo había entendido, pero Enfield y yo habíamos sido testigos de cómo cambiaba el rostro de Henry desde el jardín.

Cuando llegué a Leicester Square, descabalgué del caballo antes de que se detuviera del todo. Subí los escalones a toda prisa y entré en la casa sin molestarme en llamar a la puerta. Me topé con una serie de gritos de rabia. La puerta del despacho del doctor Jekyll estaba abierta.

Me acerqué despacio hasta allí y vi la nuca de la señora Jekyll, que se hallaba frente al escritorio de su marido. El doctor estaba recostado en la silla con los ojos cerrados.

—¡Es mi hijo y exijo saber qué tienes que ver con todo este asunto! —le gritó ella.

—Ya viste cómo se comportaba con Utterson —le increpó el doctor Jekyll—. Ya viste cómo se miraban.

—Lo que vi es que era feliz —respondió ella—. ¡Era mucho más feliz que cuando estaba encerrado en ese laboratorio contigo!

El doctor Jekyll dio un manotazo sobre la mesa y yo pegué un brinco.

—¡Es un muchacho brillante! ¡No iba a permitir que desaprovechara sus oportunidades!

—Su inteligencia no se vio mermada por querer a Gabriel —replicó ella—. ¡Podrías haber obviado el tema! ¡Podrías haberlo apoyado a pesar de todo!

—¿Y que me hubieran condenado al ostracismo? ¡¿Que me hubieran excluido de la sociedad?!

—Por si no te has dado cuenta, la sociedad cree que no eres más que un negro engreído que ha tentado a la suerte —respondió la madre de Henry, que suspiró y dejó caer los hombros—. Nos odian. Siempre lo han hecho y, aun así, te has esforzado por estar entre ellos. Te crees que si tuvieras más dinero o poder podrías ser uno de ellos, pero no puedes, ni tú, ni Henry, ni yo. Además, ¿por qué íbamos a quererlo? ¡Abre los ojos, necio!

Entré en el despacho, consciente de que estaba siendo un impertinente, de que no era nadie para hablar, pero el doctor Jekyll no estaba contando toda la verdad.

—El tónico que creó con los polvos morados dividió a Henry en dos —dije.

El doctor Jekyll se levantó despacio y me dedicó una mirada asesina.

—¿Qué tónico? —preguntó la señora Jekyll con voz queda. Le temblaba el cuerpo entero cuando se giró hacia el doctor Jekyll—. ¿Qué has hecho?

—Ha estado experimentando con Henry —respondí yo. Una imagen clara había comenzado a formarse en mi mente, y era una imagen devastadora—. Quería extirpar cualquier sentimiento que Henry pudiera albergar por mí, pero no logró anticipar lo que ocurriría. —Miré a la señora Jekyll—. Ese tónico creo a Hyde. Hyde y Henry son la misma persona.

—Pero ¿cómo...? —El doctor Jekyll rodeó su escritorio, pero la madre de Henry se interpuso entre nosotros—. ¿Cómo lo sabes?

—¿Es verdad lo que dice? —preguntó la señora Jekyll.

—¿Es que no ves lo que intentaba hacer? —bramó el doctor Jekyll. Retrocedió hasta su silla y se desplomó en ella—. ¡No quiero que mi hijo tenga que soportar la carga de quererte! ¡No quiero! ¡Hice cuanto pude para impedirlo, pero no me escuchaba, así que tuve que lidiar yo mismo con el asunto! —Volvió a golpear el escritorio con ambas manos—. Sin embargo, con Hyde creé una manifestación del amor que siente por ti —me dijo, ful-minándome con la mirada—. ¡Tenía que hacer algo para apartar la atención de Henry de Hyde, para mostrarle lo terrible y aberrante que era todo! ¡Así no querría volver a saber nada del asunto!

Una idea brotó en mi mente, y entonces me puse por delante de la señora Jekyll.

—Carew —le dije. La mirada que me dedicó el doctor me confirmó lo que empezaba a sospechar. Él era el asesino de Carew; y aunque no lamentaba su muerte, sí que tenía una pregunta rondándome la cabeza—. ¿Por qué lo hizo?

—¡Para mostrarle a Henry que Hyde era un ser despreciable! Para mostrarle que haría bien en librarse de ese demonio.

—¿Lo incriminó de la muerte de Carew con la esperanza de que Henry empezara a tenerle miedo? —le pregunté incrédulo—. ¿Henry le contó lo que me hizo Carew?

El doctor Jekyll soltó un bufido de burla.

—Pues claro que me lo contó. Qué conveniente resultó todo. Hyde tenía un móvil para cometer el crimen, la ocasión… y el arma.

La señora Jekyll dejó escapar un grito ahogado y dio un paso atrás.

—Asesino —susurró—. Demonio. Mentiroso.

—¡Henry me estaba cuestionando! —bramó el doctor Jekyll—. ¡A mí, cuando es a Hyde a quien deberían haberle temido! ¡Hyde representa todo de lo que debería avergonzarse, por eso hay que eliminarlo, sea como sea!

—¡Cuando suprime a Hyde, Henry no parece él! —le grité—. ¡Había veces en que actuaba como si no me conociera! Creía que se había vuelto loco, pero es usted el que ha perdido el juicio.

—Nada me gustaría más en el mundo que Henry se olvidara de que existes —respondió el doctor Jekyll.

La madre de Henry me hizo a un lado y me colocó tras ella.

—¿Qué clase de monstruo eres?

—¿Monstruo? ¿Yo? —repitió el doctor Jekyll.

Era incapaz de verlo. No se veía tal y como era.

Entonces oí un sonido que provenía del pasillo. Pasos. Aguardé a que el señor Poole o la señorita Sarah irrumpieran en el despacho, pero los pasos procedían de la cocina. Oí un *clic*, era el sonido de un cerrojo, y luego el chirrido de la puerta trasera.

Los padres de Henry se miraban entre sí, como si la discusión hubiera llegado a un punto muerto. Ninguno parecía haber oído el ruido. Inquieto, me asomé al pasillo porque sentía un pesar posándose en mis huesos.

Al poco tiempo, el señor Poole bajó corriendo las escaleras y gritó:

—¡Henry no está en la cama!

Fui a toda prisa por el pasillo hasta la cocina, donde me encontré la puerta de atrás entreabierta. Salí corriendo a la noche gélida y vi el dobladillo del camisón blanco de Henry entrando por la puerta exterior del laboratorio.

La señora Jekyll me agarró del hombro.

—¿Qué pasa?

Descendí los escalones de la puerta de atrás con pasos ligeros y atravesé el jardín cubierto de hojarasca. Entré corriendo y me di en la rodilla con una silla que habían dejado en mitad del pasillo. La aparté de una patada. Atrás, en el jardín, escuché una fuerte conmoción: la señora Jekyll lloraba, el señor Poole gritaba y el doctor Jekyll maldecía, lleno de ira.

Todo era culpa suya. Todo. No había intentado salvar a Henry, sino convertirlo en alguien que no era.

Entré a trompicones en el laboratorio, y allí me encontré a Henry, tan tieso como un cadáver, bajo un haz plateado de luna que se colaba por la claraboya. Los huesos se le marcaban bajo el camisón.

—Henry —lo llamé en voz baja.

—No te acerques —me advirtió, y lo hizo con su voz, pero ahogada por una tristeza amarga.

Me detuve. Henry sostenía en la mano un frasco de reactivos de un litro, lleno hasta el borde de aquel líquido viscoso morado. Temblaba tanto que se le derramó, se manchó el camisón y ensució el suelo.

—¿Qué estás haciendo? —le pregunté con delicadeza—. Suelta eso. Deberías guardar cama y descansar.

Henry torció las comisuras de la boca, y su sonrisa pareció cambiar bajo el resplandor de la luna. Se trataba de la mueca que ponía Hyde, unida a la mirada amable de Henry. Me quedé muy quieto.

—Esto acaba aquí —dijo Henry, repitiendo las palabras rabiosas de su padre.

—No —le dije—. Escúchame…

Sin embargo, el señor Poole y la señora Jekyll me interrumpieron cuando entraron en el laboratorio. Con un gesto, les indiqué que se quedaran quietos y guardaran silencio. La señora Jekyll se cubrió la mano con la boca y se agarró con fuerza al señor Poole.

—Henry —le dije con voz serena—, no sé qué te ha hecho tu padre, ni tampoco de qué te ha convencido, pero se equivoca.

A Henry se le anegaron los ojos de lágrimas, y las dimensiones de los huesos de su cráneo cambiaron.

—No se equivoca —me dijo apretando los dientes—. No puedo existir así.

Me acerqué a él, sin apartar la mirada.

—¿Por qué? —le pregunté.

—Ya lo sabes, Gabriel —me contestó.

Sí, lo sabía, pero ahí estaba, igual que Henry. No habíamos desaparecido solo porque los miembros refinados de la alta sociedad de Londres quisieran que nos volviéramos invisibles. Y si mi amor por Henry no me volvía invisible, lo haría el color de mi piel. La alta sociedad no tenía nada de refinada.

—Podemos existir —le dije—. Y lo hacemos. Sobrevivimos porque no nos queda otra.

—Pero yo tengo elección —respondió él, alzando el frasco—. Mi padre me ha ofrecido una elección.

—No. —Di un paso adelante, y él se llevó el frasco a los labios. Me detuve—. Tu padre ha intentado escindir una parte de ti.

—Y lo logró —respondió Henry.

Negué con la cabeza.

—¿Es que no ves lo muchísimo que has cambiado? Y no ha sido un cambio a mejor. Y luego está todo el tema de Hyde. Te...

—Prefieres a Hyde antes que a mí —me acusó—. Eso me ha quedado muy claro.

—Tú eres Hyde. Hyde eres tú. Hyde son todas las cosas que a las que te han enseñado que debes tenerles miedo.

—Pero ¡es que tengo miedo! —gritó Henry—. ¡De mí mismo! Y de Hyde, porque sé de sobra que forma parte de mí. La fórmula que creó mi padre logra contenerlo, pero he tenido que incrementar la dosis para mantenerlo en su sitio. No me imagino una vida sin ti, Gabriel, pero mi padre no lo toleraría, y yo no puedo soportarlo.

El pecho me ardía de tener que contener los sollozos en la garganta. Henry alzó la cabeza y observó el cielo a través de la claraboya.

—A veces la fórmula no funcionaba y Hyde se convertía en el dominante —prosiguió, y volvió a posar la mirada en mí—. Te veía a través de sus ojos. Te sentía cuando él te acariciaba. Lo envidiaba por que pudiera apartar sus dudas. Aún le tengo envidia —confesó, mirando el frasco—. Si bebo suficiente fórmula, podré contenerlo para siempre y librarme de esta carga.

—¿Carga? —le pregunté, y sentí que se me formaba un nudo en la garganta—. ¿Es eso lo que quererme es para ti? ¿Una carga?

Henry me miró fijamente.

—Mi padre me odia porque te quiero. Se merece más que esto.

—No —dijo la señora Jekyll, que de repente apareció a mi lado—. No le debes nada a tu padre. No lo hagas, por favor.

—Lo hago por todos nosotros —contestó Henry—. Para que podamos ser libres.

Se llevó el frasco a los labios.

Corrí hacia él y coloqué mi mano sobre la suya.

—Por favor, Henry —le supliqué llorando—. ¿Es que no te das cuenta? Me sentía atraído por Hyde porque él era parte de ti. E incluso entonces, te ansiaba a ti, porque Hyde tampoco está completo del todo. Ambos echáis en falta algo cuando os separan. —Le guie la mano hasta el costado, pero no soltaba el frasco—. ¿Te acuerdas de cuando fuimos al circo? ¿Te acuerdas de aquel instante que vivimos juntos en el parque?

Algo se encendió en la mirada de Henry. Una chispa. El rostro volvió a cambiarle y adquirió los rasgos de Hyde, salvo por el color del pelo.

—Cuéntanoslo —dijo la voz de Hyde—. Recuérdanos quiénes somos cuando estamos juntos.

—Las luciérnagas brillaban —le dije, agarrando a Henry de la muñeca—. Brillaban con fuerza, y el parque entero olía a leña. ¿Te acuerdas de la música? ¿Te acuerdas de que me tomaste de la mano y que me obligaste a bailar aun cuando sabes que no podría bailar ni aunque me fuera la vida en ello?

Henry alzó la comisura de la boca.

—Eras alguien pleno, Henry. Y yo te quería con todo mi corazón. Eras suficiente tal y como eras; somos suficientes tal y como somos… Aquí y ahora.

Henry me miró a los ojos y me dijo:

—Tengo miedo.

Ahí no podía llevarle la contraria. Había mucho que temer. Yo lo sabía mejor que nadie, pero, en ese instante, tomé la decisión de que no dejaría que el miedo controlara mi vida.

—Lo entiendo, pero estoy aquí, contigo. Nos enfrentaremos a lo que tenga que venir juntos.

Henry me miró a los ojos y, entonces, al fin, vi al chico que conocía, el chico al que quería.

El frasco se le cayó de la mano y se rompió al impactar contra el suelo, y Henry me dio un abrazo y me besó.

Por primera vez desde hacía meses, volví a sentirme completo. Había sido como si hubiera perdido una parte de mí, igual que le había pasado a Henry.

Volvíamos a ser uno, y eso era lo único que importaba.

28

VOLVER A SER UNO

El doctor Jekyll huyó cuando alguien informó a las autoridades de forma anónima de que él era el responsable de la muerte de sir Carew. No pudieron ofrecerle una disculpa formal al sospechoso, Hyde, porque no hubo forma de encontrarlo. Sin embargo, comenzaron a correr rumores de que Hyde era un hijo ilegítimo del doctor Jekyll y que quizás ambos hubieran huido juntos.

Henry se recuperó de su calvario, pero le quedaron varios mechones de pelo pálido en las sienes: un recordatorio de lo que había sido y, sobre todo, de lo que era posible.

Ayudé a Henry y al señor Poole a desmantelar el laboratorio, instrumento a instrumento, y a destruir cualquier resto de la fórmula que había creado el doctor

Jekyll. Quemamos todas las libretas y todas las hojas sueltas. Después examinamos el despacho del doctor Jekyll y destruimos todo lo que encontramos allí. La madre de Henry estuvo encantada de echarnos una mano.

Henry y yo tomamos un tren que nos llevó de Londres al campo, donde nos alojamos con la hermana mayor de la señorita Laurie. Necesitábamos alejarnos de todo durante un tiempo para sanar.

Una mañana, desperté a Henry dándole toquecitos y lo saqué de casa antes de que amaneciera.

Paseamos durante un tiempo a través de un mosaico de praderas verdes unidas por arboledas estrechas de robles. El sol caldeaba el horizonte, y el resplandor dorado que proyectaba en todo no tenía absolutamente nada que ver con el fango y la arenilla de la ciudad.

—Podríamos quedarnos aquí para siempre —me dijo Henry.

Entrelacé sus dedos con los míos y apoyé la cabeza en su hombro.

—Sí —contesté—, seguro que nos las arreglaríamos.

—Yo también lo creo —me dijo con una sonrisa—, pero ¿no crees que echaríamos de menos la ciudad? ¿El olor a boñigas de caballo y a carne hervida?

Nos reímos y nos sentamos sobre un campo de hierba que nos llegaba a las rodillas, mecidos por una brisa gentil.

—Creo que echaría de menos la ciudad, pero hay tanta paz aquí.

Henry me sonrió.

—No puedes tenerlo todo. Tienes que elegir, Gabriel.

Observé aquellos ojos marrones suyos, y los mechones blancos de las sienes, que resplandecían bajo el sol del amanecer.

—Me resulta imposible elegir. No puedo apreciar la belleza de un sitio sin compararlo con el otro.

Henry me sonrió y observamos el amanecer. Juntos.

Nota de la autora

La primera vez que leí *El extraño caso del doctor Jekyll y el señor Hyde*, de Robert Louis Stevenson, estaba en la universidad. El debate que se generó en torno a la novela se centró casi de inmediato en «la auténtica naturaleza del ser humano» y en los monstruos que viven dentro de todos nosotros. A mí, no obstante, me interesaba mucho más la dualidad del querido doctor y de lo que representaba el señor Hyde: una clara personificación de la homofobia exagerada que campaba a sus anchas en el siglo XIX, y también la desesperación de Robert Louis Stevenson por plasmar la percepción negativa, y a menudo violenta, de la sociedad de cualquiera que pudiera considerarse el otro.

Comencé a preguntarme cómo vivía y trabajaba la gente de Londres en aquella época y cómo, al igual que pasa hoy en día, las distintos motivos por los que pueden marginar a un individuo pueden hacer que resulte imposible vivir en sociedad, ya sea en el ámbito laboral, educativo, jurídico o sanitario. ¿Cómo habría vivido la gente queer negra y británica en el Londres de 1880?

Para documentarme para este proyecto, no me limité a leerme la obra de Stevenson (aunque debo de haberme leído *El extraño caso del doctor Jekyll y el señor Hyde* veinte veces, como mínimo). Leí con detenimiento *Black and British: A Forgotten History*, de David Olusoga, para establecer que la gente negra tenía cabida entre las páginas de la ficción victoriana y que la llegada de la gente negra a Gran Bretaña no se produjo con la llegada del Windrush. Me faltan palabras para expresar lo pernicioso y omnipresente que es el mito de que la gente negra no ha existido en ciertas épocas ni localizaciones geográficas.

En las páginas de *Mi querido Henry* hay menciones a figuras y hechos históricos, y, aunque esto sea una novela de ficción, creo que es importantísimo anclar el relato en una realidad en la que existían médicos, científicos y profesores negros. El tratamiento que recibían era espantoso, y la lapidación de Charles Woodson que se menciona en la novela esta basada en el linchamiento del que fue víctima Charles Wootton, un marinero negro, en Liverpool en junio de 1919. Investigué a fondo y tiré mano a menudo de estudios sobre la población negra británica que han llevado a cabo estudiosos, historiadores y académicos. Les estoy eternamente agradecida por su trabajo a David Olusoga, al profesor Hakim Adi, a la doctora Olivette Otele, a Patrick Vernon, a Kurt Barling, a la doctora Caroline Bressey y a Arthur Torrington.

En una época en la que se criminalizaba a la gente queer y en que los negros eran personas de las que se podía prescindir, tuve que crear un mundo en el que dos chicos negros y queer intentan discernir sus sentimientos en una sociedad despiadada. La obra de Stevenson es una novela con moraleja sobre el otro. Con *Mi querido Henry* he intentado ofrecer un rayo de esperanza al final de un relato horroroso y, en ocasiones, aterrador. Darle la vuelta a esta historia me permitió examinar el papel que tenían la homofobia y el racismo en las vidas de Gabriel y Henry. Era imposible escribir sobre dos chicos negros queer en el Londres victoriano sin tratar esos temas. Espero haberlo hecho de un modo que despierte la empatía y la compasión de mis lectores y lectoras.

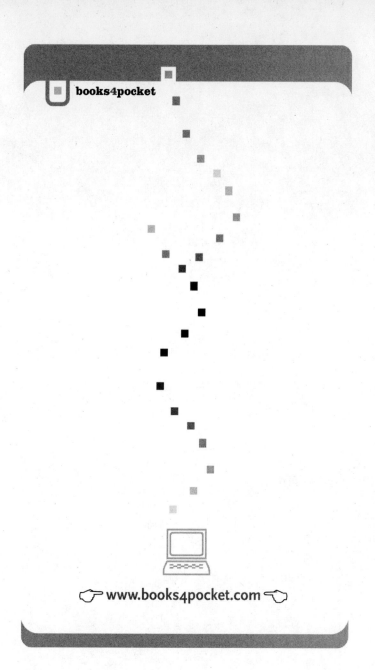

books4pocket

www.books4pocket.com